Fabian Lenk

Die Zeitdetektive

Michelangelo und die Farbe des Todes

Fabian Lenk

Die Zeitdetektive

Michelangelo und die Farbe des Todes

Band 20

Mit Illustrationen von Almud Kunert

Ravensburger Buchverlag

Bibliografische Information der Deutschen Nationalbibliothek:

Die Deutsche Nationalbibliothek verzeichnet diese Publikation in der Deutschen Nationalbibliografie; detaillierte bibliografische Daten sind im Internet über **http://dnb.d-nb.de** abrufbar.

1 2 3 4 13 12 11 10

Umschlag und Innenillustrationen: Almud Kunert
Lektorat: Jo Anne Brügmann

Printed in Germany

ISBN 978-3-473-36984-3

www.ravensburger.de
www.fabian-lenk.de
www.zeitdetektive.de

Inhalt

Kim, Julian, Leon und Kija – die Zeitdetektive

Die schlagfertige Kim, der kluge Julian, der sportliche Leon und die rätselhafte, ägyptische Katze Kija sind vier Freunde, die ein Geheimnis haben …

Sie besitzen den Schlüssel zu der alten Bibliothek im Benediktinerkloster St. Bartholomäus. In dieser Bücherei verborgen liegt der unheimliche Zeit-Raum „Tempus", von dem aus man in die Vergangenheit reisen kann. Tempus pulsiert im Rhythmus der Zeit. Es gibt Tausende von Türen, hinter denen sich jeweils ein Jahr der Weltgeschichte verbirgt. Durch diese Türen gelangen die Freunde zum Beispiel ins alte Rom oder nach Ägypten zur Zeit der Pharaonen. Aus der Zeit der Pharaonen stammt auch die Katze Kija – sie haben die Freunde von ihrem ersten Abenteuer in die Gegenwart mitgebracht.

Immer wenn die Freunde sich für eine spannende Epoche interessieren oder einen mysteriösen Kriminalfall in der Vergangenheit wittern, reisen sie mithilfe von Tempus dorthin.

Tempus bringt die Gefährten auch wieder in die Gegenwart zurück. Julian, Leon, Kim und Kija müssen nur an den Ort zurückkehren, an dem sie in der Vergangenheit gelandet sind. Von dort können sie dann in ihre Zeit zurückreisen.

Auch wenn die Zeitreisen der Freunde mehrere Tage dauern, ist in der Gegenwart keine Sekunde vergangen – und niemand bemerkt die geheimnisvolle Reise der Zeitdetektive …

Im Netz der Intrigen

„Ich nehme einen großen Schokobecher", kündigte Leon an, als er die Tür zur besten Eisdiele der Welt, dem Venezia in Siebenthann, öffnete.

„Klingt gut, ich bin dabei", erwiderte Kim, um deren Beine die Katze Kija herumsprang.

Julian war hingegen noch unschlüssig.

„Hilfe!", erklang da eine Stimme aus dem hinteren Teil der Eisdiele. Und noch einmal: „Hilfe!"

„Das klingt nach Paolo, dem Chef!", rief Julian und schaute sich um.

Und schon entdeckten die Gefährten den Besitzer. Er stand vor einer Wand auf zwei Stühlen, die auf den offenbar glatten Bodenfliesen bedenklich weit auseinandergerutscht waren, sodass Paolo einen unfreiwilligen Spagat vollführte. Hoch über dem Kopf hielt er ein großes, gerahmtes Bild. Es sah ganz so aus, als habe Paolo dieses Bild gerade an einen Nagel hängen wollen.

„Hilfe, Mama mia, Hilfe!"

Die Freunde eilten zu Paolo. Kim und Leon sicherten die Stühle, die drohten, noch weiter auseinanderzurutschen, und Julian nahm Paolo vorsichtig das schwere Bild ab.

„*Grazie*", sagte der Eisdielenbesitzer erleichtert, als er wieder sicheren Boden unter den Füßen hatte. „Ihr habt mich gerettet. Und zum Glück ist das Bild heil geblieben!" Andächtig schaute er auf das Werk, das zwei Hände zeigte, die aufeinander deuteten. Die Zeigefinger berührten sich fast. Es war ein Bild voller Eleganz und ungeheurer Präzision. Jeder noch so kleine Muskel, jede Sehne und sogar die Fingernägel waren perfekt dargestellt.

„*Michelangelo*", flüsterte Paolo ergriffen. „Dieses Bild stammt vom größten Bildhauer und Maler aller Zeiten. Es zeigt die Erschaffung Adams durch Gott. Ich werde diesem Bild hier in meiner Eisdiele einen Ehrenplatz geben, auch wenn es nur ein Kunstdruck ist. Haltet bitte noch mal die Stühle fest."

Nun gelang es ihm, das Bild an seinen Platz zu hieven.

„Fantastisch!", sagte er kurz darauf nach einem kritischen Blick. „So sieht es gut aus."

Er steuerte mit den Gefährten auf die verglaste Theke zu, wo die fruchtigen und cremigen Eisspezialitäten auf die Freunde warteten.

„Ich habe am vergangenen Wochenende meinen Papa in Rom besucht, denn er hatte Geburtstag", fuhr Paolo fort und schaute Leon an. „Schokobecher?"

Leon nickte begeistert.

„Tja, und als kunstbegeisterter Mensch habe ich mir natürlich die *Sixtina* angeschaut.“

„Sixtina?“, fragte Leon nach, während er zuschaute, wie Paolo die Eisbälle kunstvoll in einen Becher schichtete, um sie mit Sahne, Schokosoße, Mandelsplittern, Streuseln und einem winzigen grünen Schirmchen zu verzieren.

Paolo blickte ihn nachsichtig an. „Das ist eine berühmte Kapelle im *Vatikan*. Michelangelo hat die Decke bemalt. Zu seiner Zeit gab es dort zwar schon das Gemälde eines blauen Himmels mit Sternen. Aber Michelangelo hat diesen Himmel übertüncht und etwas Einzigartiges geschaffen. Dieses *Fresko* gehört zu den berühmtesten Kunstwerken der Welt. Es machte Michelangelo unsterblich!“ Er gab Leon den Becher und wandte sich an Kim: „Du auch?“

„Klar!“, rief das Mädchen strahlend.

Paolo machte sich erneut an die Arbeit. „Ja, ja, die Sixtinische Kapelle und Michelangelo, was für eine Geschichte …“, sinnierte er dabei. „Voller Genialität, voller Besessenheit, voller Ruhm und Geld – und voller Missgunst, Hass und Angst!“

Julian glaubte, sich verhört zu haben. „Missgunst, Hass und Angst?“

„Ja“, bestätigte der Eisdielenbesitzer. „Michelangelo hatte viele Neider, weißt du. Wie alle, die einzigartig sind. Michelangelo glaubte, dass man ihn umbringen wollte!

Denn er verstand es nicht nur blendend, den Pinsel zu schwingen – er verstand es ebenso gut, sich Todfeinde zu machen. Und was möchtest du?"

„Äh … ich", stotterte Julian, der das gerade Gehörte zu verarbeiten versuchte. „Einen Becher mit Himbeeren."

„Gute Wahl, sehr fruchtig!", sagte Paolo, um zu ergänzen: „Michelangelo war gefangen in einem Netz von Intrigen, er musste seine Kunst verteidigen – vor Spionen, die ihm seine Ideen stehlen wollten. Außerdem äußerte er die Vermutung, dass jemand plante, ihn zu töten."

„Wer wollte ihn denn umbringen?", fragte Julian, den die Geschichte zu interessieren begonnen hatte.

Doch Paolo hob nur die Schultern. „Das weiß ich nicht. So, hier ist dein Becher mit den Himbeeren."

Die Freunde zogen sich an einen der hinteren Tische zurück.

„Ob das stimmt, was Paolo gesagt hat?", überlegte Julian.

„Weiß nicht", erwiderte Leon. „Er übertreibt gern."

Kim, die Kija auf dem Schoß hatte, grub den Löffel in ihren Schoko-Becher. „Ich finde, wir sollten das mal in unserer Bibliothek überprüfen. Die Sache klingt sehr spannend: ein berühmter Künstler, ein mindestens ebenso berühmtes Deckengemälde und dazu Intrigen, Neid und

Mordpläne … Was haltet ihr davon, wenn wir nachher mal in der Bücherei vorbeischauen?"

„Ich bin dabei!", rief Julian sofort.

„Von mir aus", sagte Leon.

Zwei Stunden später waren die Freunde in der altehrwürdigen Bibliothek des Bartholomäus-Klosters. Sie hatten eine Zeit abgepasst, zu der die Bücherei geschlossen war. Da Julian jedoch einen Schlüssel besaß, konnten sie sich jetzt ungestört im Reich der Literatur umschauen.

Kija sprang wie so oft auf eine der Fensterbänke und machte es sich dort gemütlich. Sie rollte sich ein und beobachtete ihre Freunde bei der Recherche.

Kim war zu den Regalen mit den Bildbänden zum Thema Kunst gegangen, Leon studierte Bücher über berühmte Persönlichkeiten und Julian surfte im Internet.

„Ha, hier habe ich schon etwas!" Leon zog einen dicken Band über Michelangelo heraus und schleppte ihn zu einem der Tische.

Viele Experten waren der Meinung, las Leon staunend, dass niemand außer Michelangelo in der Lage gewesen sei, den Farben eine solche Leuchtkraft zu geben.

Begeistert betrachtete er die Detailaufnahmen des legendären Freskos in der Sixtina. Über dreihundert Figuren waren zu sehen, las er. Davon waren rund einhundert überlebensgroß. Michelangelo hatte Szenen aus der *Genesis* gewählt – dem ersten Buch der Bibel, das sich mit der Erschaffung der Welt beschäftigt. Insgesamt brauchte er vier Jahre, von 1508 bis 1512, für das Werk, entnahm Leon dem Text.

„Diese Farben! Wie hat Michelangelo das nur hinbekommen?“, murmelte Leon, dessen Lieblingsfach – neben Geschichte und natürlich Sport – Kunst war.

Auf dem Fresko gab es bedrohliche Szenen, aber auch anrührende und verspielte. Hinzu kam eine Unzahl von Einzelheiten, die Leon begeisterten. Die Figuren schienen dem Betrachter förmlich entgegenzuspringen, so lebensecht waren sie gemalt.

„Ah, hier steht auch, woher die Sixtina ihren Namen hat“, rief Leon. „Sie ist nach Papst *Sixtus IV.* benannt, der die Kapelle zwischen 1475 und 1483 in Rom erbauen ließ. Rom hatte damals nur fünfzigtausend Einwohner, wer hätte das gedacht? Diese Kapelle ist enorm wichtig, denn dort wird der Papst gewählt. Michelangelo hat die Deckengestaltung im Auftrag von Papst *Julius II.* übernommen. Der hatte nicht unbedingt den besten Ruf. Das Volk nannte ihn *il papa terribile*: den furchtbaren Papst!“

„Nicht sehr schmeichelhaft“, sagte Kim grinsend.

„Allerdings“, stimmte Leon zu und blätterte weiter. Dabei entdeckte er einen Stadtplan von Rom, auf dem die Lage der Sixtina eingezeichnet war. Es folgten Fotos des Gebäudes – ein eher schlichter, kastenförmiger Bau, vierzig Meter lang, dreizehn Meter breit und etwas über zwanzig Meter hoch, wie Leon der Bildunterschrift entnahm. In der Nähe befanden sich weitere berühmte Gebäude, darunter der Dom *San Pietro*, der zu Michelangelos Zeiten jedoch noch im Bau war, und das *Castel Sant' Angelo* mit der *Ponte Sant' Angelo*, eine wunderschöne Brücke, auf der zehn Engel aus Stein standen.

„Hört mal", ließ sich jetzt Julian von seinem Bildschirm vernehmen. „Paolo könnte Recht haben. Hier steht etwas von einem Mordkomplott gegen Michelangelo!"

„Wo? Lass sehen!", rief Leon und kam mit Kim zu ihm herüber.

„Michelangelo hatte einen Freund in seiner Heimat Florenz. Während er in Rom war, schrieb er diesem Mann immer wieder", fasste Julian das soeben Gelesene zusammen. „Und in einem dieser Briefe ließ Michelangelo anklingen, dass er Todesangst habe. Neider wollten ihn angeblich töten!"

„Irre!", entfuhr es Leon. „Aber wir wissen immer noch nicht, ob es stimmt."

„Ja", gab Julian zu. „Es ist nur bekannt, wann Michelangelo diesen Brief schrieb. Das war im August 1510, als er die Hälfte des Freskos fertig hatte und der Öffentlichkeit präsentierte." Der Junge sah seine Freunde erwartungsvoll an.

Kim lächelte. „Du meinst …"

„Ja, genau das meine ich!"

Leon ballte die Fäuste. „Gute Idee, Leute! Lasst uns

Tempus einen kleinen Besuch abstatten und der Sache auf den Grund gehen! Vielleicht können wir uns irgendwie bei Michelangelo nützlich machen, um in seiner Nähe zu sein."

Und so schoben die Gefährten kurz darauf das schwere Regal beiseite, hinter dem die düstere Pforte zu Tempus verborgen war. Nur die Freunde wussten von diesem geheimnisvollen, magischen Raum. Leon öffnete die dunkle, mit unheimlichen Symbolen verzierte Tür und betrat als Erster den Zeit-Raum.

Wie üblich erwartete die Freunde blaues, diffuses Licht. Nebel waberte durch den Raum mit den Tausenden von Türen, über denen jeweils eine Jahreszahl stand. Doch leider gehorchten die Zahlen keiner mathematischen Logik. Die Türen waren völlig willkürlich angeordnet. Während die Kinder vorsichtig über den im Rhythmus der Zeit pulsierenden Boden gingen, prasselten die unterschiedlichsten Geräusche auf sie ein. Manche klangen fröhlich und einladend, andere so bedrohlich, dass Leon eine Gänsehaut bekam.

Er schaute sich um. Wo war die Tür mit der Jahreszahl 1510? Mal tauchte eine Tür schemenhaft aus dem Nebel auf, dann eine andere. Aber es waren die falschen.

So ging es eine Weile weiter. Die Freunde stolperten durch den unheimlichen Raum, während sich Kija auf Kims Arm eingekuschelt hatte.

Doch da hielt Leon plötzlich inne.

Eine der Türen hob sich so deutlich von den anderen ab, dass sie ihn förmlich anzog – sie war von einem feurigen Rot. Die Farbe war so leuchtend, dass womöglich nur ein einziger Künstler in der Lage gewesen war, sie zu schaffen: Michelangelo. Zögernd ging der Junge auf dieses Tor zu. Nun konnte er die Jahreszahl erkennen.

Treffer!, dachte Leon, 1510!

Aufgeregt drehte er sich um und winkte seine Freunde heran.

Als Leon sich wieder der Tür zuwandte, erschrak er. Das leuchtende Rot war einem dunklen Ton gewichen. Erst war das Tor braun, dann wurde es schwarz wie die Nacht.

„Was geht hier vor?", flüsterte Leon.

Jetzt erschienen Figuren auf der Tür. Sie huschten durcheinander und verschwanden unvermittelt, um an anderer Stelle wieder aufzutauchen. Leons Kinnlade fiel herunter. Es kam ihm so vor, als stünde er vor einem lebendigen Bild.

Plötzlich krachte es, und ein Riss zog sich durch die Tür. Dann zerfiel sie zu Staub. Statt vor einem Tor standen die Freunde nun vor einem schwarzen Schlund, der von einem rissigen Rahmen umgeben war.

Leon schaute unsicher zu Kim und Julian.

„Wir tun's", sagte das Mädchen entschlossen.

Leon nickte. „Okay", sagte er leise. „Julian?"

Der Junge schluckte. Doch dann nickte auch er.

Die Gefährten fassten sich an den Händen und konzentrierten sich ganz fest auf Rom. Denn nur so konnte Tempus sie an den richtigen Ort bringen.

Dann machten sie den einen, aber entscheidenden Schritt durch den Türrahmen und stürzten in ein schwarzes Nichts.

Auf der Brücke der Engel

Dampfige Hitze schlug ihnen entgegen. Eine Vielzahl von Gerüchen und Geräuschen stürmte auf die Gefährten ein, die Tempus alle Ehre gemacht hätte. Die Freunde schauten sich neugierig um. Es war früher Abend, und sie standen auf einer gewaltigen Steinbrücke, die aus drei großen geschwungenen Bogen bestand.

Auf dieser Brücke, die sich über den *Tiber* spannte, tobte das Leben. Zwischen unzähligen Marktständen wälzte sich ein nicht enden wollender Strom von Menschen und Tieren hindurch: Bauern mit ihrem Vieh, Händler mit Säcken auf dem Rücken, Handwerker, das Werkzeug geschultert. Ein verirrtes Huhn flatterte durch das Chaos. Es roch mal nach Fisch, dann nach herben Gewürzen, fremdartigen Parfüms oder Honig.

Von Eseln gezogene Fuhrwerke bahnten sich ihren Weg durch die Menschenmassen, rücksichtslos angetrieben von rotgesichtigen Kutschern, die sich die Seele aus dem Leib brüllten, um voranzukommen.

Vorsichtshalber trat Kim einen Schritt zurück, drehte sich um und blickte auf eine große Steinfigur. Sie zeigte

einen Engel mit sanften Gesichtszügen und einem großen Kreuz in der Hand. Offenbar hatte Tempus die Freunde durch genau diesen Engel nach Rom geschickt.

„Die Figur sollten wir uns gut merken – für den Heimweg“, sagte sie.

„Stimmt. Und noch was, Leute: Ich glaube, wir sind auf der Ponte Sant’ Angelo, der Engelsbrücke. Denn diese Brücke führt zur Engelsburg, dem Castel Sant’ Angelo!“, rief Leon, der sich an die Abbildung in seinem Buch erinnerte.

Vor ihnen, am Ende der Brücke, lag ein gewaltiges, trutziges Bauwerk. In der Mitte erhob sich ein rechteckiger Aufbau, der sich wie bei einer Stufenpyramide nach oben verjüngte und Leon spontan an die Kommandobrücke eines Schiffs erinnerte. Der Aufbau wurde gekrönt von einem weiteren riesigen Engel.

„Dort müssen wir hin, in dieser Richtung liegt die Sixtina!“, ergänzte Julian und wandte sich dann an Kim: „Du siehst übrigens ziemlich chic aus!“

Das Mädchen sah an sich hinab. Es trug jetzt ein gelbes, weit geschnittenes Leinenkleid, das an der Hüfte gegürtet war, sowie braune Halbschuhe aus Leder.

„Wieso, passt doch“, sagte Kim zufrieden. „Ihr seid auch nicht viel hübscher.“

Leon und Julian waren mit weißen, luftigen Hemden, Gürteln und eng anliegenden *Beinlingen* bekleidet, die wie Strumpfhosen aussahen und die man von unten nach oben aufrollen konnte, wenn es zu warm war. Auch sie trugen bequeme Halbschuhe.

„Tja, Tempus hat mal wieder an alles gedacht“, sagte Julian. „Und jetzt sollten wir versuchen, hier lebend durchzukommen.“

Sie schoben, drängelten und quetschten sich voran. Auf der Brücke gab es nichts, was es nicht gab. Es wurden Schmuck, Gewürze, Kerzen, Salben, Kleidung, Süßigkeiten und sogar Waffen wie zum Beispiel Dolche mit Griffen aus Perlmutt feilgeboten. Gaukler, Jongleure, Wahrsager und Bettler buhlten um Aufmerksamkeit und Geld.

Kim bewunderte die Kleidung einer offensichtlich reichen Dame, die von zwei Männern, die ihre Diener sein mochten, eskortiert wurde. Sie trug ein blassblaues Gewand mit weiten, edel bestickten Ärmeln. Den Saum des knöchellangen, stark taillierten Kleides hatte die vornehme Frau gelupft, damit er nicht schmutzig wurde. Darunter blitzten hübsche Halbschuhe aus feinstem dunkelbraunem Leder hervor, die jeweils mit einem grünen Schmuckstein verziert waren. Das Grün harmonierte mit der Farbe der eleganten Haube, die die Frau auf ihren hochgesteckten Haaren trug.

Rufe vom Fluss ließen Kim den Kopf drehen. Als sie sich wieder umwandte, waren die Frau und ihre Diener in der Menschenmenge verschwunden.

Auf dem Tiber war ebenfalls viel los. Bullige Handelsschiffe, hoch beladen mit edlem Tuch oder Weinfässern, fuhren dort ebenso wie schlanke, farbenprächtige Fischerboote.

Am Fluss standen die Häuser dicht an dicht. Es waren schmale, hoch aufragende Gebäude mit kleinen Fenstern. Sie waren aus unverputzten Ziegelsteinen errichtet worden und mit roten Lehmziegeln gedeckt. Vor manchen Häusern ragten Stege in den Tiber, an denen weitere Boote vertäut waren. Einige Gebäude waren mit Kränen und Winden ausgestattet, mit denen Lasten vom Wasser in die Lagerräume gehievt werden konnten. Überragt wurden die Häuser von *Campaniles*, hübschen, frei stehenden Glockentürmchen.

Endlich hatten die Freunde das andere Ende der Brücke erreicht. An einem *Campo* mit einer steinernen Viehtränke vor dem Castel Sant' Angelo hielten sie sich links. Nun marschierten sie direkt auf die *Piazza San Pietro* zu, einen runden Platz mit einem Durchmesser von knapp zweihundertfünfzig Metern, in dessen Mitte ein etwa fünfundzwanzig Meter hoher *Obelisk* stand. Er ruhte auf einem quadratischen Fundament mit vier Löwenfiguren und trug ein funkelndes, goldenes Kreuz auf seiner Spitze. Um den Platz herum befanden sich Säulenhallen mit den Statuen zahlreicher Heiliger. Dahinter erwartete die Freunde eine große Baustelle.

„Das ist garantiert der Dom San Pietro!“, rief Leon, der einmal mehr froh war, in der Bibliothek das Fachbuch gelesen zu haben.

„Da entsteht gerade eine der größten Kirchen der Welt“, sagte Julian ehrfürchtig, der den gewaltigen Dom schon mehrfach im Fernsehen gesehen hatte. „Sie steht über dem Grab des heiligen Petrus.“

Staunend sahen die Gefährten dem Heer von Arbeitern zu, das über die Baustelle wuselte. Vier je fünfzig Meter hohe Stützpfeiler, die später die gewaltige Kuppel des Doms tragen sollten, waren bereits zu sehen.

Nach einer Weile machte sich Kija mit einem lauten Maunzer bemerkbar.

„Sie hat Recht, wir sollten weiter. Lasst uns zur Sixtina gehen“, drängte Leon. „Wir brauchen schließlich Arbeit und ein Dach über dem Kopf.“

Sie mussten nicht lange suchen. Leon erkannte das markante Gebäude, das rechts neben der Baustelle des Doms stand, sofort.

„Die Kapelle sieht eher aus wie eine Burg oder ein Bunker“, sagte Kim.

Die rechteckige Sixtina hatte drei Meter dicke Mauern und ganz oben, in knapp zwanzig Metern Höhe, einen Wehrgang mit Schießscharten. Fenster waren erst in etwa fünfzehn Metern Höhe auszumachen und die Pforte, auf die die Freunde nun zusteuerten, war schlicht und klein.

„Nicht sehr einladend“, sagte Leon.

„Ja, zumindest auf den ersten Blick“, stimmte Julian zu. „Aber drinnen erwartet uns bestimmt einzigartige Kunst!“

„Falls wir da überhaupt reinkommen“, erwiderte Leon, der unschlüssig stehen geblieben war.

Auch Julian und Kim verharrten. Doch jetzt öffnete sich die Tür, und ein Mann, der bunt bekleckste Kleidung trug, kam heraus. Ihm folgte ein zweiter Mann.

„Die Sixtina ist offen!“, freute sich Julian. „Vermutlich, weil die Künstler gerade bei der Arbeit sind. Kommt, wir gehen hinein!“

Schon lief er mit Kija los. Kim und Julian folgten ihm. Ungehindert betraten sie die berühmte Kapelle.

Bündel grellen Lichts fielen durch die hoch oben befindlichen Fenster auf die Wände. War die Sixtina außen schlicht und abweisend, so entfaltete sie innen eine fast märchenhafte Pracht.

Gegenüber der Pforte befand sich der Altar, zu dem vier Stufen hinaufführten. Auf einem breiten Tisch aus edel schimmerndem Holz standen sechs goldene Kerzenständer, je drei rechts und links einer aufgeschlagenen Bibel. Das deckenhohe Wandgemälde dahinter zeigte religiöse Motive und war größtenteils in den Farben Grün und Rot gehalten.

Die Seitenwände der Sixtina waren mit insgesamt zwölf Fresken ausgeschmückt. Auf der einen Seite zeigten die Bilder Stationen aus dem Leben von Moses, während die gegenüberliegende Seite mit Szenen aus dem Leben von Jesus dekoriert war.

Weiter oben, in Höhe der Fenster, waren die Porträts von zweiunddreißig Päpsten zu sehen. Die gewölbte Decke im hinteren Teil der Kapelle erstrahlte in einem kräftigen Blau, auf das viele funkelnde Sterne gemalt worden waren.

Das muss die alte Bemalung sein, die von Michelangelo übertüncht wurde, dachte Leon.

Doch der vordere, östliche Teil der Decke war hoch oben mit einem riesigen Tuch verhängt. Zwei Leitern reichten etwa fünfzehn Meter hoch zu einem Laufsteg unterhalb der Fenster. Von dort führten Stufen einige weitere Meter hinauf und endeten rechts und links des Tuchs.

Leon war enttäuscht, denn man sah überhaupt nichts von Michelangelos Werk. Was ihn sehr überraschte, war, dass in der Kapelle keine Stützen eines Gerüsts auszumachen waren. Wie, fragte sich der Junge, bemalte Michelangelo denn die Decke?

„Platz da!“, herrschte jemand die Freunde an.

Augenblicklich traten sie zur Seite. Die beiden Männer, die gerade die Sixtina verlassen hatten, waren wieder hereingekommen. Nun trugen sie ein langes Brett.

„Das Tuch“, wagte Leon zu fragen. „Warum hängt das da?“

Die Männer blieben stehen.

Der vordere, ein untersetzter Mann mit eng zusammenliegenden Augen, lachte. „Es hängt da, damit niemand die Ideen des Meisters stiehlt!“

„Schade, wir dachten, dass wir einen Blick auf das Fresko werfen könnten“, wandte Leon ein.

Wieder lachte der Mann auf. „Das wollen viele. Aber der Meister ist vorsichtig, und das zu Recht! Und deshalb schützt er seine Arbeit vor neugierigen Blicken. Das Fresko ist ein großes Geheimnis, und nur er, der Meister, bestimmt den Zeitpunkt, wann es enthüllt wird. Außerdem sollen keine Farbkleckse auf den Boden fallen.“

Leon schaute nach unten. Er stand auf einem wunderschönen, verspielten Mosaik in hellen und dunklen Brauntönen.

„Ist er da – der Meister?“, fragte er dann.

Der Mann deutete mit der freien Hand nach oben. „*Certo!* Er ist immer da. Er arbeitet auf dem Gerüst, das vom Tuch verborgen ist.“

„Ob wir …“

„Warte mal“, unterbrach Leon ihn. „Habt ihr das auch gehört?“

„Nein, was denn?“

„Da war gerade so ein Knirschen“, sagte Leon.

Julian und Kim lauschten. Und jetzt vernahmen auch sie es – es war ein Ächzen, gefolgt von einem bedrohlichen Knacken.

„Was … was ist das?“, stammelte Kim.

Kija fauchte und huschte unter eine der hübsch geschnitzten Kirchenbänke.

Sie geht in Deckung!, durchfuhr es Leon. Hier stimmt was nicht!

Wieder das Knacken – es kam von oben.

Das unsichtbare Gerüst!, ahnte Leon. Das Geräusch kommt vom Gerüst! Fragend sah er zu den beiden Männern hinüber.

Sie standen da, das Brett in den Händen, die Köpfe in den Nacken gelegt, die Münder weit offen. Aber sie rührten sich keinen Millimeter.

Jetzt krachte es unter der Decke der Sixtina, und ein gellender Schrei ertönte. „Vorsicht!“, rief jemand. „Das Gerüst bricht zusammen!“

In letzter Sekunde konnten sich die Freunde in Sicherheit bringen. Sie sprangen zur Seite und drängten sich dicht an die Mauer. Schon knallten schwere Bretter auf den Boden und die Bänke, dass die Splitter nur so flogen. Staub wurde aufgewirbelt und nahm den Gefährten die Sicht. Ihre Augen begannen zu brennen.

„Kija!“, schrie Kim angsterfüllt.

Dann herrschte plötzlich Totenstille in dem Gotteshaus.

„Kija?“, flüsterte Kim und musste husten. „Wo bist du?“

Die Werkstatt des Meisters

Ein klägliches Miauen ertönte, dann wieselte eine staubige Katze auf das Mädchen zu. Erleichtert schloss Kim das Tier in die Arme.

„Da haben wir aber noch mal Glück gehabt, was?“, wisperte sie.

„Wir schon, andere offenbar nicht“, rief Julian und deutete zur Eingangspforte. Dort lagen die beiden Männer, die das Brett getragen hatten.

Rasch liefen die Freunde zu ihnen. Die Männer hatten Platzwunden und waren benommen.

„Mein armer Kopf“, jammerte der eine.

„Wir müssen sie verbinden“, sagte Leon. „Aber mit was?“

„Das mache ich schon!“, ertönte eine Stimme hinter ihnen. „Weg da!“

Ein Mann, der Mitte dreißig sein mochte und einen schäbigen Kittel trug, trat heran. Er war groß und kräftig, hatte lockige, kurze Haare, eine platte Nase und eine sorgenvoll gefurchte Stirn. Der schmale Mund wurde fast ganz von einem struppigen Bart bedeckt.

„Ah, Meister, Ihr seid es“, stöhnte der andere Verletzte. „Gut, dass Ihr unversehrt seid.“

Michelangelo!, durchfuhr es Kim, das muss Michelangelo sein!

„Ich konnte mich auf dem Fenstersims in Sicherheit bringen, als der Teil des Gerüsts neben mir zusammenbrach“, antwortete Michelangelo grimmig, während er ein Taschentuch hervorzog, das im Gegensatz zu seinem Kittel weiß und rein war. Dieses presste er auf die Wunde des Verletzten, der sich immer noch den Kopf hielt.

„Und Lorenzo?“

„Auch er hat's überlebt“, antwortete der Meister obenhin. „Er konnte sich, wie ich und unsere beiden Malergehilfen, rechtzeitig in Sicherheit bringen.“

Michelangelo drehte sich um und fauchte: „Lorenzo, wo steckst du?“

„Hier, Meister!“ In einer Staubwolke tauchte ein junger Mann mit glatten, pechschwarzen Haaren auf. Er war einen Kopf kleiner als Michelangelo und von zarter Gestalt. Sein schmales Gesicht mit der Stupsnase, den flinken, lebendigen Augen und dem kräftigen Kinn war leichenblass. Bekleidet war er mit Beinlingen und einem vorn durchgehend geknöpften, dunkelbraunen und leicht verschlissenen *Rock*, der knapp über das Gesäß reichte. Wie der Meister trug er Halbstiefel.

„Wie … wie konnte das nur geschehen?“, stammelte er fassungslos.

„Das frage ich mich auch“, grummelte Michelangelo. „Dieses Gerüst war nicht irgendein Gerüst, sondern eine besonders stabile Spezialkonstruktion, die ich selbst entworfen habe.“

Kim schaute zu Leon und Julian. Wenn die Konstruktion so stabil war, wieso war sie dann zusammengebrochen? Hatte da etwa jemand nachgeholfen? Jemand, der Michelangelo schaden oder ihn aus dem Weg räumen wollte?

„Piero, Giovanni! Könnt ihr aufstehen?“, fragte Michelangelo jetzt die Verletzten.

Mühsam rappelten sich die beiden Männer auf.

„Bene“, sagte der Meister kühl. „Ihr dürft nach Hause gehen und euch auskurieren. Aber sobald es geht, meldet ihr euch wieder zur Arbeit. Und noch etwas: Schickt mir einen *Pontarolo* her, der die kaputten Teile des Gerüsts erneuert!“

„D'accordo!“, murmelten die Männer und wankten aus der Sixtina. An der Pforte hatten sich inzwischen einige Schaulustige eingefunden.

„Raus mit euch!“, blaffte Michelangelo. „Hier gibt es nichts zu sehen!“

Vielleicht doch, dachte sich Kim und riskierte einen Blick an die Decke. Das Tuch war ja nun teilweise weg …

„Was glotzt du so?“, schnauzte der Meister jetzt sie an. Offenbar hatte er seine Augen überall gleichzeitig.

„Äh, nur so, ich dachte …“

„Das ist *mein* Fresko“, sagte Michelangelo leise und drohend. „Und ich werde es hüten wie meinen Augapfel, das verspreche ich dir und allen anderen.“

„Natürlich“, sagte Kim kleinlaut.

„Verdammt, auch das Tuch ist teilweise beschädigt, das Gerüst hat es an einer Seite mit heruntergerissen“, brummelte der Meister und wandte sich an Lorenzo. „Du wirst jetzt mit mir die Trümmer aufräumen.“

„Meister“, ließ sich da Julian vernehmen.

„Ja?“

„Braucht Ihr vielleicht neue Helfer? Zwei Männer wurden ja leider verletzt, und es gibt offensichtlich viel zu tun …“

Michelangelo kniff die Augen zusammen und musterte Julian von oben bis unten. Kim hatte das Gefühl, dass Julian kleiner und kleiner wurde.

„Was, drei Kinder und eine Katze?“

„Warum nicht?“, erwiderte Julian mutig. „Wir sind sehr fleißig und stellen uns auch ziemlich geschickt an.“

„Wer seid ihr überhaupt?“, wollte Michelangelo wissen.

Da erzählte Julian ihre Standardgeschichte für solche Fälle. Sie hätten ihre Eltern durch eine Krankheit verloren, seien nun Waisen und auf der Suche nach Arbeit sowie einem Dach über dem Kopf nach Rom gekommen.

„Ja, und wir lieben die Kunst“, ergänzte Kim. „Deswegen sind wir in die Sixtina gekommen, um dem größten Meister aller …“

„Schon gut, schon gut“, winkte Michelangelo ab. „Was meinst du, Lorenzo?“

Der Gehilfe hob die Schultern. „Warum nicht? Wir können es ja auf einen Versuch ankommen lassen. Piero und Giovanni waren schließlich nur Handlanger. Ihre Arbeit kann eigentlich jeder erledigen. Und wenn sich die Kleinen hier geschickt anstellen, dürfen sie bleiben.“

Der Meister kratzte sich den Bart. „Gut, so machen wir es. Und jetzt packt mit an.“

Kim war überglücklich, dass sie eine Chance bekamen. Wie Leon und Julian versuchte sie, es dem Meister recht zu machen. Doch beim Wegräumen der Trümmer stellte das Mädchen fest, dass das nicht so einfach war. Michelangelo mochte ein genialer Künstler sein, aber er war ein eher mürrischer Mensch, der jetzt zudem auch noch wütend war, dass die Arbeiten am Deckenfresko unterbrochen werden mussten.

„Wir sind sowieso schon zu langsam“, ärgerte er sich. „Papst Julius wird zürnen.“

„Ja, und *Bramante* und *Raffael* werden sich über unser Missgeschick freuen“, ergänzte Lorenzo, während er ein größeres Holzstück unter einer Kirchenbank hervorzog.

Kim, die gerade an ihm vorbeiging, fragte: „Wer sind diese Männer?“

Statt Lorenzo antwortete ihr Michelangelo. „Was, du kennst ihre Namen nicht?“

„So ist es, leider“, gab Kim zu und kam sich ein bisschen dumm vor.

„Das mag ich!“, rief der Meister, und zum ersten Mal sah Kim ihn lachen. „Diese Namen kannst du auch gleich wieder vergessen. Bramante ist ein ungeschickter Architekt und Maler, ein Günstling des Papstes. Ein Schwätzer und Aufschneider, der es nicht verträgt, dass ich die Sixtina ausgestalte – und nicht er!“

„Das gilt auch für Raffael, nicht wahr, Meister?“, gab Lorenzo ihm die nächste Vorlage.

„Allerdings!“, trompetete Michelangelo in die Kapelle. „Dieser aufgeblasene Jüngling, dieser Schmierfink, dieses Nichts mit einem Pinsel in der Hand. Er hält sich für den Größten!“

„Ja, und er ist ein enger Freund von Bramante“, goss Lorenzo noch ein wenig mehr Öl ins Feuer.

Der Meister wischte sich die staubigen Hände am Kittel ab. „Du sagst es. Die beiden halten zusammen. Sie machen mich in der Öffentlichkeit schlecht, sie wollen mich scheitern sehen – und sie wollen mich …“, Michelangelo zögerte einen Moment und fuhr dann mit leiser Stimme fort, „… ja, ich denke, sie wollen mich ausschalten. Weil sie eifersüchtig auf meinen Erfolg sind!“

Kim wurde abwechselnd heiß und kalt. Also war etwas dran an dem, was Paolo in der Eisdiele gesagt hatte! Michelangelo wähnte sich als Opfer einer Intrige, die ihn sogar das Leben kosten sollte! Kim grübelte. War das Gerüst tatsächlich absichtlich zum Einsturz gebracht worden, um Michelangelo zu töten? Sie müssten mal die Balken unter die Lupe nehmen – womöglich war eine Strebe angesägt worden!

Kim arbeitete konzentriert weiter. Doch an den Balken und Planken, die sie aus der Kapelle wuchtete, konnte sie nichts Verdächtiges entdecken.

Bei der Arbeit erfuhren Kim, Leon und Julian von Lorenzo, dass Michelangelos Gerüst aus mehreren, etwa zwei Meter breiten Brücken bestand, die sich hoch oben unter der gewölbten Decke der Sixtina von Fenstersims zu Fenstersims spannten. Offenbar war vorhin nur eine der hinteren Brücken zusammengebrochen.

Eine halbe Stunde später hatten sie die Trümmer aus der Kapelle geschleppt. Da erschien auch schon der Pontarolo auf der Bildfläche. Der Zimmermann begutachtete zunächst den Schaden.

„Das ist unmöglich heute noch zu schaffen“, sagte er zu Michelangelo.

„Es *muss* zu schaffen sein, wir können uns keinen Tag Verzögerung erlauben!“, sagte Michelangelo mit Nachdruck.

„Ich kann nicht zaubern“, beharrte der Mann.

„Das vielleicht nicht. Aber du kannst die ganze Nacht durcharbeiten. Stell Fackeln auf, hol dir Helfer, lass dir etwas einfallen!“

Der Pontarolo blickte Michelangelo schräg von unten an. „Ich soll mir was einfallen lassen? Bene, aber das könnte ziemlich teuer werden …“

„Das ist mir egal!“, brüllte der Meister. „Du wirst dein Geld schon bekommen, aber arbeiten musst du, hörst du? Arbeiten!“

„Bene“, sagte der Zimmermann erneut und verließ die Sixtina, um seine Helfer zu holen.

Nun trat Lorenzo an den Meister heran. „Ist noch etwas zu tun?“, fragte er.

„Nein, wir gehen nach Hause“, sagte Michelangelo müde.

„Und was ist mit uns?“, wagte sich Kim hervor.

Der Meister seufzte. „Ach so, ihr seid ja auch noch da …“ Er schien mit sich zu ringen.

Kim drückte sich selbst die Daumen. Sie tauschte bange Blicke mit Leon und Julian.

„In Ordnung, kommt mit, ich habe noch eine freie Kammer für euch.“

Unterwegs schimpfte der Meister vor sich hin. Offenbar regte er sich immer noch über das zusammengebrochene Gerüst auf.

„Wir werden den Zeitplan nie einhalten können", grummelte er. „Und alle werden sich freuen: der Papst und ..."

„Der Papst?", hörte Kim Lorenzo fragen.

„Ja, auch der Papst, großer Gott!", rief Michelangelo aufgebracht. Er spie die Wörter förmlich hervor. „Denn er sucht doch nur nach einem Grund, um mir die zweite Hälfte der dreitausend *Dukaten* nicht geben zu müssen, die wir als Lohn vereinbart haben. Er wird mich die Arbeit fertig machen lassen und dann behaupten, dass ich zu langsam war. Und schon behält er den Rest meines Honorars."

„Dreitausend Dukaten klingt nach einer Menge Geld", entfuhr es Kim.

„Allerdings", pflichtete Lorenzo ihr bei. „Ein armer *Muratore* wie ich verdient gerade mal einhundert Dukaten im Jahr."

„Muratore?"

„Ich fertige den Putz, auf den der Meister die Farben aufträgt", erklärte Lorenzo. Seine Augen begannen zu glänzen. „Aber ich bin auch ein Maler", ergänzte er, jedoch deutlich leiser. „Und ganz sicher bin ich kein schlechter Künstler. Bald ..."

„Hör auf zu flüstern, Lorenzo!", fiel Michelangelo

ihm ins Wort. „Und du hast keine Ahnung, was Geld angeht. Denn dreitausend Dukaten sind nicht viel! Schließlich muss ich davon Pinsel, Farben sowie Taue, Balken und Planken für das Gerüst kaufen. Ich muss meine Gehilfen bezahlen und euch außerdem in meinem Haus unterbringen."

„Lorenzo wohnt bei Euch, Meister?", fragte Kim nach.

„Ja, im Gegensatz zu Piero und Giovanni und den beiden Malergehilfen, die hier in Rom ihre Familien haben. Aber Lorenzo stammt wie ich aus Florenz, ich habe ihn mitgebracht. Dann ist es üblich, dass der Meister Unterkunft und Verpflegung zahlt. Das verschlingt eine Menge Geld, vergiss das nicht. Und gerade du, Lorenzo, frisst mir die Haare vom Kopf, auch wenn man es dir nicht ansieht."

„Dafür arbeite ich aber auch hart", entgegnete Lorenzo leicht beleidigt.

„Das ist auch deine gottverdammte Pflicht!", fuhr der Meister ihn an. „Wir alle arbeiten hart, und oft genug muss ich deine Arbeit nachbessern!"

„Das ist nicht wahr!"

„Doch, das ist es. Und damit basta!", knurrte Michelangelo.

Hm, dachte Kim, ums liebe Geld ging es wohl auch

noch. Konkurrenzkämpfe unter Künstlern, ein merkwürdiger Zwischenfall in der Sixtina und eine Menge Dukaten – das konnte der Stoff für einen spannenden Fall werden …

Kurz darauf hatten sie die *Piazza Rusticucci* erreicht. Hier gab es nichts Prächtiges, stellte Kim fest, obwohl der Platz nur einen kurzen Spaziergang von der noblen Piazza San Pietro entfernt lag. Die Piazza Rusticucci war einfach nur ein kleiner Flecken inmitten eines Labyrinths von Gässchen, die mit Läden und Werkstätten vollgestopft waren.

Auf ihrem Weg waren die Gefährten, Michelangelo und Lorenzo an Waffenschmieden und Schreibstuben vorbeigekommen. Vor einer übel riechenden Färberei hatten sie ihre Schritte beschleunigt und bei einem Friseur, der einem Kunden die Haare direkt vor seinem Laden stutzte, waren sie zu Kims Bedauern nicht stehen geblieben.

Wie auf allen anderen Plätzen Roms gab es auch auf der Piazza Rusticucci einen *Pozzo*, an dem sich die Anwohner mit frischem Wasser versorgen konnten. Gegenüber des schmucklosen Brunnens erhob sich eine schlichte Kirche mit einem winzigen Glockenturm.

„Das ist *Santa Caterina delle Cavallerotte*“, erklärte Lorenzo, „die Kirche unseres Viertels. Leider haben wir keine *Reliquie* wie den Splitter vom Kreuz Jesu, der im

Obelisken auf der Piazza San Pietro steckt und jedes Jahr Tausende von Pilgern in unsere Stadt lockt."

„Zum Glück, dafür haben wir hier wenigstens Ruhe", sagte Michelangelo. Er ging an der Kirche vorbei in eine schmale Gasse und führte sie zu einem düsteren, zweistöckigen Haus. Dort rammte er einen großen Schlüssel ins Schloss.

Neugierig betrat Kim das Haus des Meisters. Von einem schmalen Gang führte eine Tür in die Werkstatt, die beinahe so groß war wie ihr Klassenzimmer in Siebenthann. Der Raum war mit Arbeitsmaterial vollgestopft: Töpfe mit Farbe und Gefäße voller Pinsel standen in wilder Unordnung auf einem schweren Holztisch herum. Kim sah Schablonen, Lineale, Zirkel und Rollen aus *Pergament*. Dazwischen lagen Skizzen und Entwürfe, manche genau ausgearbeitet, andere nur oberflächlich hingekritzelt.

In einem Regal türmten sich unzählige Töpfchen und Gläser mit Pulver in allen möglichen Farben. In einer Ecke der Werkstatt lagerten Säcke mit Sand und Kalk für den Putz. In einer anderen stand die halb fertige Statue eines Jünglings und Kim erinnerte sich daran, dass Michelangelo ja auch ein sehr berühmter Bildhauer gewesen war. Es roch nach Staub und Farbe, Schweiß und harter Arbeit.

Der Meister führte sie in die angrenzende Küche, einen dunklen Raum mit einem Fenster und einem großen

Tisch, um den fünf Stühle standen. Eine Anrichte und ein offener steinerner Herd bildeten den Rest der Einrichtung. Michelangelo holte zwei Kannen, ein langes Weißbrot, einen Ring Wurst und Käse und schob alles auf den Tisch.

„Esst“, sagte er.

Lorenzo holte sich einen Becher von der Anrichte und goss sich Wein ein.

Kim starrte auf die Wurst und das Brot. „Dürfen wir auch?“

Michelangelo nickte, und nun wirkte er freundlich, fast gütig.

Heißhungrig machten sich die Gefährten über die mit Paprika gewürzte Salami her und stärkten sich mit dem etwas streng schmeckenden Hartkäse. Dazu tranken sie kühles Wasser aus der zweiten Kanne. Auch Kija bekam ein paar feine Happen ab.

Nur Michelangelo aß nichts.

„Zeig den neuen Helfern ihre Kammer“, sagte er wenig später zu Lorenzo. „Ich werde noch ein wenig arbeiten, ein paar *primo Pensieri*.“

„Primo – was?“, fragte Kim.

„Primo Pensieri nennen wir Künstler unsere ersten Ideen, die ersten Skizzen für ein Gemälde“, erläuterte Michelangelo. „Daraus entwickele ich im nächsten Schritt die *Kartons,* die exakten Vorzeichnungen. Aber jetzt ab ins Bett mit euch!“

„Wie Ihr wünscht, Meister“, sagte Lorenzo, entzündete eine Kerze und führte die Freunde aus der Küche.

Über eine knarzende Holztreppe gelangten sie in den ersten Stock. Hier gab es zwei Zimmer.

„Da wohne ich“, sagte Lorenzo und zeigte auf die rechte Tür. „Und ihr habt das Zimmer da links. Der Meister wohnt unten. Neben der Küche ist noch eine kleine Kammer.“ Er entzündete eine zweite Kerze und gab sie Kim. „Morgen werde ich euch bei Tagesanbruch wecken“, kündigte er an, bevor er in seiner Kammer verschwand.

Zögernd betraten die Gefährten ihr neues Zuhause. Es war etwa zehn Quadratmeter klein, hatte ein schmales Fenster und war mit vier Holzpritschen, einer Wasserschüssel mit einer Kanne aus Blech und einem winzigen wackeligen Tisch ausgestattet.

„Fünf Sterne sind es nicht“, sagte Kim leise und ließ sich auf eine der brettharten Pritschen sinken. Die Decke, die dort lag, wirkte alles andere als kuschelig. „Aber Hauptsache, wir haben ein Dach über dem Kopf.“

„Ich finde es blöd, dass wir das Fresko nicht gesehen haben“, maulte Leon.

„Morgen ist auch noch ein Tag. Als die neuen Gehilfen werden wir dann bestimmt einen Blick daraufwerfen können“, erwiderte Julian.

Kim schaute in das Licht der Kerze. „Mich würde etwas anderes interessieren: Wieso ist der eine Teil des

Gerüsts zusammengebrochen? Michelangelo hat behauptet, dass es sich um eine besonders stabile Konstruktion handelt. Ich möchte die Trümmer noch mal unter die Lupe nehmen – und zwar jetzt gleich. Vielleicht hat ja irgendjemand etwas an einer der Streben manipuliert …"

„Du willst noch mal zurück zur Sixtina?"

„Genau das", beharrte das Mädchen. „Es hat doch niemand gesagt, dass wir hierbleiben müssen, oder?"

Kim stand auf und öffnete das Fenster. „Das sind keine drei Meter. Ein Klacks!"

„Und wie willst du nachher wieder reinkommen?", fragte Julian.

„Räuberleiter, wie immer", sagte Kim und schwang auch schon die Beine auf das schmale Sims. „Auf geht's, Jungs! Einer von euch muss mir die Kerze runterreichen. Wir werden Licht brauchen. Es ist schon ziemlich dunkel draußen."

Schnurstracks liefen sie durch die Gassen zurück zur nahen Sixtina, aus der Klopfen und Hämmern zu hören war. Offenbar war der Pontarolo noch fleißig.

Neben der Pforte lagen die Trümmer des Gerüsts. Kim schaute sich um. Eine Frau schöpfte Wasser aus einem Brunnen, aus einer Schenke erklang Lachen. Niemand schenkte Kim und ihren Freunden Beachtung. Im Licht der Kerze begannen die Gefährten, die Holzteile zu untersuchen.

„He, kommt doch mal her“, rief das Mädchen unvermittelt.

Leon und Julian schauten ihr über die Schulter.

„In diesem Balken ist ein gerader Schnitt, seht ihr?“, flüsterte Kim triumphierend. „So sieht es aus, wenn man einen Balken ansägt! Ich glaube, dass jemand beim Einsturz des Gerüsts nachgeholfen hat!“

„Ja!“, wisperte Leon. „Du hast Recht. Es war wohl Sabotage. Aber wer steckt dahinter?“

„Genau das sollten wir herausfinden, Jungs“, sagte Kim unternehmungslustig. „Aber jetzt sollten wir uns lieber verkrümeln, bevor wir auffallen.“

Rasch machten sich die Freunde auf den Rückweg. Unterwegs hatte Kim das dumme Gefühl, dass sie schon längst aufgefallen waren. Denn jedes Mal, wenn sie sich umdrehte, huschte eine Gestalt hinter einen Mauervorsprung, einen Brunnen oder einen Karren.

„Wir haben einen Schatten“, hauchte das Mädchen.

„Wo?“

„Hinter uns, jemand ist uns auf den Fersen!“

„Dann sollten wir Gas geben, vielleicht können wir den Kerl abhängen!“, sagte Leon leise. „Bei drei rennen wir los!“

Auf Leons Kommando stürmten sie voran, schlugen mehrere Haken und erreichten wenig später unbehelligt das düstere Haus.

„Nichts wie rein in die schicke Bude“, keuchte Leon,

stellte sich mit dem Rücken unter das Fenster und machte die Räuberleiter für Kim.

Dann folgte Julian. Sobald auch Julian im Zimmer war, reichten er und Kim Leon die Hände und zogen ihn hinauf. Dann schlossen sie das Fenster.

„Puh, das ist ja gerade noch mal gut gegangen“, ächzte Julian.

Ja, dachte Kim, das schon. Aber jemand hat bemerkt, dass wir Verdacht geschöpft haben. Und das ist alles andere als gut.

Der Zorn des Papstes

Julian hatte geglaubt, dass sie am nächsten Morgen erst einmal in Ruhe würden frühstücken können. Doch da hatte er sich gewaltig geirrt.

Lorenzo trieb sie in aller Frühe in die Küche, drückte jedem ein Stück Brot in die Hand und scheuchte sie dann in die Werkstatt, wo Michelangelo auf sie wartete.

„Wurde auch Zeit", brummelte er, um dann die Aufgaben zu verteilen.

Die Freunde erhielten den Auftrag, drei Säcke mit Sand und Kalk zur Sixtina zu schleppen.

Eine harte Arbeit, stellte Julian fest, sobald er seinen Sack geschultert hatte, zumal es auch heute wieder ein heißer Tag zu werden schien. Gebeugt schlurften er und seine Gefährten den kurzen Weg zur Kapelle, während Kija vergnügt um sie herumsprang.

Lorenzo trug einen Eimer, in dem mehrere kleine Gefäße mit geheimnisvollem buntem Inhalt waren, und Michelangelo einen zusammengerollten Karton.

„Meinst du, Kija macht sich über uns lustig?", keuchte Julian.

„Kija? Niemals“, erwiderte Kim, war sich aber keineswegs ganz sicher. Das konnte man sich bei Kija schließlich nie sein.

Kurz darauf hatten sie die Kapelle erreicht.

„Die beiden Malergehilfen sind da, aber Piero und Giovanni nicht“, sagte der Meister enttäuscht. „Das ist eure Chance“, wandte er sich an die Gefährten. „Ihr könnt euch weiterhin bei mir nützlich machen.“

„Hoffentlich ist der Gerüstbauer fertig geworden“, sagte Lorenzo, während er die Pforte zur Sixtina aufzog.

Erleichtert sahen sie, dass der Pontarolo ganze Arbeit geleistet hatte.

„Wenigstens das hat geklappt“, rief Michelangelo und kletterte die Leiter hinauf. „Einer von den Neuen bleibt unten, die anderen kommen mit rauf“, ordnete er an.

Während Leon und Kija bei den Säcken unten blieben, stieg der Rest der Mannschaft einer nach dem anderen die schmale Leiter hinauf.

Julian bemerkte, dass die Leiter, die immerhin mindestens fünfzehn Meter nach oben führte, lediglich am Fenstersims angelehnt und dort nicht festgebunden war. Mit weichen Knien erreichte er schließlich den schmalen Laufgang unmittelbar unterhalb der Fenster. Er blickte nach oben – und sah wieder nur das Tuch.

„Hier ist ein Seilzug“, erklärte Lorenzo ihm. „Damit könnt ihr die Säcke auf den Laufgang hochziehen.“

„Und dann?“

„Dann tragt ihr sie hoch zum Gerüst – über die Stufen“, sagte Lorenzo und eilte dem Meister hinterher.

„Das wird ein Knochenjob“, ahnte Julian.

Zusammen mit Kim ließ er das Seil herunter. An dessen Ende hing eine breite Kiste. Leon wuchtete den Sack hinein, und Julian und Kim zogen ihn hinauf. So verfuhren sie auch mit dem zweiten und dritten Sack, auf dem schließlich Kija hockte und mit nach oben schwebte. Das schien ihr mächtig Spaß zu machen.

Anschließend erhielt Leon den Auftrag, mehrere Eimer mit Wasser vom Brunnen vor der Sixtina zu holen. Auch diese wurden mit dem Flaschenzug hinaufgezogen. Als alles oben war, kam Leon ebenfalls die Leiter hinauf.

Dann schleppten sie die Lasten über die Treppen zum Gerüst. Dieses war exakt an die Wölbung der Decke angepasst worden. Zudem sahen die Freunde, dass auf den Gerüstelementen Stufen und Stege angebracht worden waren, auf denen Michelangelo und seine Helfer während der Arbeit hin und her laufen konnten, ohne auf der Wölbung des Gerüsts abzurutschen. Die einzelnen Gerüstteile konnten unterhalb der Decke verschoben werden, sodass sie immer dort platziert werden konnten, wo gerade gearbeitet wurde, erläuterte Lorenzo.

Julian ließ vorsichtig den Kalksack von seinen Schultern gleiten. Und nun, endlich, erblickte er das Fresko des Meisters – zumindest den ersten Teil.

„Oh, ist das schön“, entfuhr es dem Jungen.

„Ja, es ist einfach fantastisch“, erwiderte Lorenzo stolz. „Und wir haben schon fast die Hälfte geschafft! Ganz vorn, über der Pforte, seht ihr die Szene, die der Meister ‚Die Trunkenheit Noahs‘ genannt hat. Es folgen die ‚Sintflut‘, ‚Das Opfer Noahs‘ sowie ‚Sündenfall und Vertreibung aus dem Paradies‘. Derzeit arbeiten wir an dem Fresko ‚Die Erschaffung Evas‘. Das ist auch schon fast fertig.“

Sprachlos schaute Julian zu Kim und Leon. Auch sie waren beeindruckt. Die Figuren, die Michelangelo gemalt hatte, wirkten so unglaublich echt. Der trunkene Noah, der sich mühsam und mit gesenktem Kopf auf ein Kissen stützte, die fliehenden Menschen auf dem Sintflut-Fresko, deren Angst und Panik in jeder Geste sichtbar wurden, oder das blanke Entsetzen im Gesicht von Adam, nachdem er aus dem Paradies gejagt worden war – all das war so plastisch, dass es den Gefährten den Atem verschlug.

„Aber das ist nicht alles“, ergänzte Lorenzo. „Wir müssen nicht nur die Decke bemalen, sondern auch die *Lünetten*, die halbmondförmigen Flächen über den Fenstern.“

Fast wie ein Foto, dachte Julian, den Blick auf die Sintflut-Szene geheftet. Doch kein Foto der Welt hatte eine solche Leuchtkraft wie Michelangelos Farben.

„Es gefällt dir, nicht wahr?“, erklang eine Stimme

neben ihm, und Julian zuckte zusammen. Er hatte niemanden kommen hören.

Es war der Meister höchstpersönlich, der neben dem Jungen aufgetaucht war.

„Ja“, war alles, was Julian hervorbrachte. „Wie gelingt Euch das, ich meine, wie …“

„Du musst das lieben, was du tust“, sagte Michelangelo leise. „Du musst ihm deine Seele geben – dann beginnt es zu leben, jedenfalls in den Augen der Betrachter. Darin liegt das Geheimnis. Schau her …“ Er führte den Jungen zu dem fast fertigen Eva-Fresko.

„Das ist meine Eva“, murmelte Michelangelo versonnen und deutete auf eine nackte Frauengestalt, die sich verbeugte. „Sie verneigt sich von dem Schöpfer, der hier rechts steht, vor Gott. Und heute füge ich noch Adam hinzu, den ich schon auf dem Karton skizziert habe. Adam schläft gerade. Sein Oberkörper lehnt an einem Baumstumpf. Aber nun an die Arbeit. Lorenzo?“

„Ja, Meister?“

„Beginn mit dem *Intonaco!*“

„Sofort!“, rief der Muratore ergeben und an die Freunde gewandt sagte er: „Das ist der Putz!“

Er begann damit, eine Mischung aus Wasser und Kalk anzurühren.

„Mann, stinkt das“, entfuhr es Julian.

„Ja“, sagte Lorenzo, „der Kalk ist stark ätzend und hat eine zersetzende Wirkung. Es wird auch auf Leichen gestreut, um den Verwesungsprozess zu beschleunigen."

Sehr nett, dachte Julian, schwieg aber.

Der Muratore rührte die Mischung mit einer Art Spaten um, bis eine dicke Paste entstanden war. Dann fügte er Sand hinzu und rührte wieder um.

„Mach schon, mach schon", drängte der Meister, der unterhalb des fast fertigen Eva-Freskos stand.

„Es geht ja gleich los", rief Lorenzo. Er trug den Putz mit einer Kelle auf die noch unbemalte Fläche auf und wischte ihn mit einem feuchten Tuch ab.

„Und ihr rührt weiter um!", rief er den Gefährten zu, die sich gleich an die Arbeit machten.

Unter den kritischen Augen Michelangelos verteilte Lorenzo den Intonaco.

„Das ist viel zu grob, es muss sich anfühlen wie – wie die Haut eines Kleinkindes!", beschwerte sich der Meister.

Ergeben wischte Lorenzo mit dem feuchten Tuch noch einmal über die Stelle.

„Nein, das ist immer noch nicht gut", mäkelte Michelangelo.

Nun tupfte Lorenzo mit einem Seidentuch ganz vorsichtig die letzten Sandkörnchen aus dem Putz.

Es ist zweifellos kein Zuckerschlecken, mit Michelangelo zusammenzuarbeiten, dachte Julian. Dieser Mann ist ein Perfektionist. Und was er zu leisten imstande ist, das erwartet er offenbar auch von anderen.

Kein Wunder, dachte der Junge weiter, dass Michelangelo viele Feinde hat. Und einer von diesen schien auch nicht davor zurückzuschrecken, ein Gerüst anzusägen, eine Falle, die Michelangelo oder seine Helfer das Leben hätte kosten können.

Endlich war Michelangelo mit Lorenzos Arbeit zufrieden. Mit kleinen Nägeln befestigte der Künstler zusammen mit den beiden Malergehilfen den Karton mit Adams Bildnis auf der frisch verputzten, etwa ein mal ein Meter großen Fläche. Julian erkannte, dass es sich bei diesem Karton um eine Schablone handelte, die mit Kreide gemalt war. Mit einem Zeichenstift zog der Meister nun die Striche auf dem Karton nach, sodass in dem darunterliegenden, noch weichen Putz Abdrücke zurückblieben: Michelangelo kopierte sein Werk vom Karton auf das Deckenfeld.

Etwa zwanzig Minuten arbeitete der Meister konzentriert weiter, unterstützt von den beiden Malergehilfen. Dann entfernten sie den Karton wieder.

„Jetzt müssen wir eine Stunde warten, bis sich auf dem Intonaco eine Haut gebildet hat – auf der kann ich dann malen“, sagte er, während er sein Werk kritisch betrachtete. „In der Zwischenzeit werdet ihr weiter den Intonaco geschmeidig halten und ich werde die Pinsel bereitlegen.“

Kija interessierte das nicht besonders. Sie rollte sich in einer Ecke zusammen, wo sie niemanden stören konnte, behielt aber alles im Blick.

Während sich Michelangelo um die Pinsel kümmerte, zeigte Lorenzo den Freunden, wie der Putz zu rühren sei.

„Aber verschwendet nichts", mahnte Lorenzo, „der Putz ist ziemlich teuer!"

„Natürlich nicht", sagte Julian schnell und fügte hinzu: „Habt Ihr schon mal selbst ein Fresko gemalt?"

„Nun, das nicht direkt", erwiderte Lorenzo ausweichend. „Aber ich bin noch jung, das wird schon noch kommen. Eines Tages werde ich es schaffen, schließlich habe ich viel Talent und einen guten Lehrmeister. Davon bin ich jedenfalls überzeugt."

„Andere nicht?"

Der Muratore senkte die Stimme. „Nein, es gibt Leute, die Raffael oder Bramante für bessere Künstler halten. Aber sagt das bloß nicht zu laut. Und übermorgen wird diesen Neidern sowieso der Mund gestopft."

Julian horchte auf. „Was gibt es denn da Besonderes?"

„Am 15. August wird die erste Hälfte des Freskos offiziell eingeweiht. Dazu gehört auch die Szene mit Eva. Aber dort fehlt ja nur noch ein kleines Stück – das wird der Meister sicher rechtzeitig schaffen. Und dann wird ganz Rom sehen, dass Bramante und Raffael nur Schwätzer sind", sagte Lorenzo.

Julian rührte weiter den Putz um. Dabei glitt sein Blick zu Michelangelo, der sich über ein Bündel Pinsel gebeugt hatte, die vor ihm auf einem Pergamentstück lagen. Prüfend hob der Meister mal den einen, dann den anderen Pinsel und hielt ihn gegen das Licht. Behutsam strich er über die Haarbüschel an deren Spitze. Dann tauchte er die Pinsel in die Farben und machte ein paar Probestriche. Julian fiel auf, dass Michelangelo die Angewohnheit hatte, am hölzernen Ende der Pinsel herumzuknabbern. Und so blieb es nicht aus, dass sich mit der Zeit seine Mundwinkel verfärbten.

Plötzlich wurden an der Pforte zur Sixtina Stimmen laut.

„Der Heilige Vater wünscht Michelangelo zu sprechen. Ist er zugegen?"

„Großer Gott!", entfuhr es Lorenzo. „Der Papst ist da! Wir müssen ihn begrüßen. Schnell, Meister!"

„Immer mit der Ruhe", erwiderte Michelangelo gelassen, während er weiter einen Pinsel begutachtete.

„Aber Ihr kennt doch die Ungeduld des Heiligen Vaters! Und seine Wutausbrüche", zischte Lorenzo. „Er ist ein großer Mann und wir alle lieben unseren Papst. Aber er hat die Angewohnheit, jeden mit seinem Stock zu schlagen, über den er sich ärgert!"

„Ist das wirklich wahr?", fragte Julian, der sich an den wenig schmeichelhaften Spitznamen des Papstes erinnerte – il papa terribile …

Der Muratore nickte heftig.

Ein Pochen war zu hören. „Ist er nun zugegen, der Meister Michelangelo?“

„Ich komme ja schon!“, rief der Künstler ungehalten und eilte zur Treppe.

Die Gefährten und Lorenzo folgten ihm. So schnell sie konnten, stiegen sie die Treppe und dann die Leiter hinunter.

Lorenzo und Michelangelo knieten vor einem Mann Mitte sechzig nieder, der von zwei Wachsoldaten der *Schweizer Garde* in ihren rot, gelb und blau gestreiften Uniformen begleitet wurde.

Das ist der Papst!, dachte Julian, während er ebenfalls niederkniete. Leon und Kim folgten seinem Beispiel. Kija hingegen machte einen Buckel, wie Julian mit leichtem Entsetzen bemerkte, und fauchte das Oberhaupt der katholischen Kirche an. Dann drehte sie dem Papst den Rücken zu und begann, ihr Fell zu putzen.

„Schon gut, Ihr dürft euch erheben“, sagte Julius II.

Nun hatte Julian die Gelegenheit, den Heiligen Vater genauer zu betrachten. Der Mann trug eine weiße *Soutane,* die ihm bis zu den Füßen reichte, darüber eine *Mozetta*, einen kurzen, roten Schulterüberwurf, sowie ein weißes *Zingulum* und einen ebenso weißen *Pileolus*, ein Scheitelkäppchen. An seiner rechten Hand blinkte der goldene *Fischerring*. Mit der linken Hand stützte sich der Papst auf einen Stock. Sein Gesicht mit den heruntergezogenen Mundwinkeln, den tief liegenden Augen unter dunklen, schweren Lidern und dem schlohweißen Kinnbart wirkte misstrauisch.

Mit einem gewissen Lauern im Blick fixierte der Heilige Vater nun den Maler.

„Und, wie weit seid Ihr, Michelangelo?“

„Wir kommen voran“, antwortete Michelangelo ausweichend.

Der Papst klopfte mit dem Stock auf den Boden. „Das war nicht meine Frage. Ich will wissen, wie weit Ihr seid! Da oben sieht man ja nichts!“

Der Meister saugte die Backen nach innen. „Es wird Euch gefallen, Heiliger Vater“, versicherte er. „Und wir liegen im Zeitplan … fast.“

„Fast, fast, fast? Das ist doch nicht Euer Ernst!“, brauste der Papst auf. „Ich überschütte Euch mit Dukaten und Ihr besitzt die Frechheit, im Zeitplan hinterherzuhinken. Ich werde Euch Beine machen.“

Julian sah, dass Michelangelo vor Wut die Fäuste ballte. „Hohe Kunst braucht eben ihre Zeit!“

Der Papst trat einen Schritt auf den Meister zu, den Stock erhoben. „Nein, es ist nicht die Kunst, die Zeit braucht. Es sind die merkwürdigen Zwischenfälle hier in meiner Sixtina, die Ihr, und nur Ihr, zu verantworten habt. Ein Teil des Gerüsts, so ist mir zu

Ohren gekommen, brach zusammen. Menschen wurden verletzt …"

Michelangelos Kehlkopf begann zu hüpfen. „Ja, es war ein Unfall. Bedauerlich sicher, aber …"

„Kein Aber!", bellte der Papst. „Ihr seid unfähig, Michelangelo, ein Stümper, wie mir scheint. Hätte ich doch nur Raffael mit der Sache betraut. Er ist …"

„Was?", fuhr nun auch Michelangelo aus der Haut. „Diesen …"

„Diesen *was?*", fiel der Heilige Vater ihm ins Wort. „Hütet Eure Zunge! Raffael ist ein junger, überaus talentierter Mann. Und er hat Manieren – im Gegensatz zu Euch."

„Er ist ein Nichts!", brüllte der Meister. „Ein Aufschneider, mehr nicht. Und dass Ihr auf ihn hereinfallt, hätte ich nie für möglich gehalten. Außerdem …"

In dieser Sekunde schlug der Papst mit dem Stock zu. Er traf Michelangelo auf der linken Schulter.

Der Meister wich keinen Millimeter zurück und Julian sah, dass in Michelangelos Augen ein gefährliches Feuer loderte.

Wieder hob der Papst den Stock. „Wolltet Ihr noch etwas sagen?", fragte er mit einem bösen Lächeln. „Nur zu!"

Es war deutlich zu sehen, dass der Maler mit sich rang. Aber er beherrschte sich.

Nun pochte der Papst ganz leicht mit seinem Stock auf Michelangelos Brust. „Übermorgen um 9 Uhr werde ich kommen, und wir werden hier zur Enthüllung des ersten Teils des Freskos eine heilige Messe feiern. Und ich rate Euch, Michelangelo, mich nicht zu enttäuschen. Sonst wird der von mir hoch geschätzte Raffael das tun oder vollenden, wozu Ihr nicht in der Lage seid. Und Ihr wisst, was das für Euch als Künstler bedeuten würde."

Julius II. wandte sich abrupt ab und verließ mit den beiden Gardisten die Kapelle.

Julian atmete auf. Unauffällig beobachtete er den Meister. Dessen Gesicht war kalkweiß. Seine Mundwinkel bebten und seine Hände waren immer noch zu Fäusten geballt. Er zitterte.

„Raffael, wenn ich diesen Namen nur höre!", zischte Michelangelo. „Er will meine Arbeit übernehmen, und der Heilige Vater, der mehr ein Schaf als ein Hirte ist, der …"

„Meister!", rief Lorenzo entsetzt. „Wenn das der Papst hört, wird er Euch hinauswerfen."

„Darauf wartet er doch nur", sagte Michelangelo leise. Seine Wut schien auf einmal verraucht zu sein. Nun wirkte er auf Julian ausgelaugt und enttäuscht.

Ob das wirklich wahr ist?, überlegte der Junge. Will der Papst Michelangelo loswerden? Wenn das stimmte, so könnte auch der Heilige Vater höchstselbst hinter dem Anschlag stecken. Michelangelo wäre dann im Netz einer Intrige gefangen, deren feine Fäden ganz oben, in den Kammern des Vatikans, gesponnen wurden.

Diese Vorstellung sorgte dafür, dass Julian ein Schauder über den Rücken lief.

„Kommt, lasst uns weitermachen“, rief der Meister und trieb sie wieder zum Gerüst hinauf.

Dort prüfte er die Haut des Intonacos. Dann begann Michelangelo zu malen. Doch er scheiterte nach nur wenigen Pinselstrichen, denn er hatte sich geirrt, der Intonaco war noch nicht fest genug, die Haut zu fein. Prompt riss sie. Michelangelo war außer sich. Jetzt mussten sie den Putz komplett erneuern.

An diesem Tag schaffte Michelangelo keinen weiteren Pinselstrich – entweder passte die Zusammensetzung des Intonacos nicht, oder der Künstler war zu ungeduldig und zerstörte den feinen Untergrund. Völlig verzweifelt und entnervt brach Michelangelo schließlich am frühen Abend die Arbeit ab.

Von Kobolden geraubt

In dieser Nacht wollte die Hitze, die während des Tages über Rom gebrütet hatte, nicht weichen. Die Gefährten hatten sowohl die Tür als auch das Fenster ihrer Kammer offen gelassen, damit es etwas Durchzug gab. Und irgendwann waren Kim, Julian und sogar auch Kija eingeschlafen.

Doch Leon lag wach, was nicht nur an der Hitze, sondern auch an einer Mücke lag, die hartnäckig und durstig um seinen Kopf schwirrte.

Leons Gedanken kreisten. Als sie bei Einbruch der Dunkelheit nach Hause gekommen waren, hatte Michelangelo eine Nachricht erhalten, die seine Laune weiter verschlechtert hatte. Die beiden Helfer, die beim Einsturz des Gerüsts verletzt worden waren, würden noch mindestens eine Woche ausfallen.

Für die Gefährten war diese Neuigkeit hingegen keinesfalls schlecht – sie bedeutete, dass sie wenigstens noch einige Tage in der Nähe des Meisters bleiben durften. Denn er hatte ihnen versichert, dass sie sich wirklich nützlich gemacht hätten.

Ein Geräusch ließ den Jungen aufhorchen. Es war von unten gekommen, aus der Werkstatt. Arbeitete Michelangelo noch? Zuzutrauen wäre es ihm, ehrgeizig und besessen, wie der große Künstler nun einmal war. Vielleicht fertigte er noch eine Skizze an.

Ob Leon ihm dabei über die Schulter schauen durfte? Mehr als wegjagen konnte der Meister ihn nicht. Also stand Leon leise auf und lief im Dunklen die Treppe hinunter.

Zu seiner Überraschung drang kein Licht unter der Tür zur Werkstatt hervor.

Leon blieb stehen. Er lauschte.

Wieder ein Geräusch. Etwas wurde verschoben. Dann folgte ein leises Klirren, so, als würden zwei Gläser leicht aneinandergeschlagen.

Was ging da in der Werkstatt vor sich?

Auf Zehenspitzen schlich der Junge weiter. Dann legte er sein Ohr an die Tür.

Jetzt waren die Geräusche noch deutlicher zu hören. Keine Frage, jemand war in der Werkstatt. Aber wer? Und warum machte er kein Licht?

Leon beugte sich zum Schlüsselloch und spähte hindurch. Er sah die Umrisse des offenen Fensters, durch das etwas Mondlicht in den Raum fiel. Leons Pulsschlag beschleunigte sich. Denn nun entdeckte er eine Gestalt, die sich am Regal mit den Farben zu schaffen machte!

Ein Einbrecher!, durchfuhr es den Jungen. Und was

jetzt? Sollte er Hilfe holen? Aber dann wäre der Täter womöglich längst über alle Berge – mit der kostbaren Beute. Leon entschloss sich zur Attacke. Er riss die Tür auf und brüllte gleichzeitig: „Einbrecher, Hilfe!“

Die Gestalt wirbelte herum, aber Leon konnte wegen der Dunkelheit nicht erkennen, mit wem er es zu tun hatte. Der Einbrecher hob die Hand und etwas flog auf Leon zu. Er duckte sich in letzter Sekunde. Etwas streifte seinen Kopf und knallte gegen die Wand hinter ihm, wo es in tausend Teile zersprang. Schon kam das nächste Geschoss.

Leon warf sich zu Boden. Auf dem Flur hallten Schritte.

„Was ist da los?“, ertönte Michelangelos Stimme.

Der Junge hob den Kopf und sah gerade noch, wie der Einbrecher durch das Fenster entkam.

Der Meister sprang über Leon hinweg und stürmte in die Werkstatt. Nun hörte der Junge Schritte auf der Treppe. Offenbar hatte der Lärm auch die anderen aus dem Schlaf gerissen.

„Er ist weg!“, rief Michelangelo bestürzt. Rasch machte er Licht.

Leon rappelte sich auf und sah seine Freunde auf sich zukommen.

„Oh nein!“, schrie der Meister in diesem Augenblick und deutete auf ein leeres Regal. „Meine Farben sind gestohlen worden! Seht, das *Smaltino* ist nicht mehr da.

Auch das *Gebrannte Siena!* Das ist eine Katastrophe, die Farben sind sündhaft teuer!"

Er schoss herum und heftete seinen Blick auf die Gefährten. „Es muss Ersatz her! Und zwar schnell, ich bin sowieso schon zeitlich im Verzug und brauche diese Farben für die Eva-Szene. Beim ersten Hahnenschrei werdet ihr zu Francesca laufen. Niemand stellt bessere Farben her als sie. Das wird mich zwar ruinieren, aber genau das wollte der Täter. Doch ich lasse mich nicht unterkriegen, denn dann wäre dieser Schurke am Ziel."

Die Freunde nickten.

„Bene, aber wo steckt eigentlich Lorenzo, diese Schlafmütze?", wunderte sich der Meister und jagte Leon in den ersten Stock. Der Junge holte den Muratore aus dessen Kammer.

„*Maledizione!*", fluchte Lorenzo, als er im Bilde war. Dann fragte er: „Habt Ihr schon die Wachen gerufen?"

Aber Michelangelo winkte ab. „Der Täter ist doch längst über alle Berge. Bestimmt war das dieser Raffael. Oder vielleicht steckt sogar der Heilige Vater selbst dahinter!"

Lorenzo schlug die Hände über dem Kopf zusammen. „So etwas dürft Ihr noch nicht einmal denken, Meister!"

Leon warf Kim und Julian einen nervösen Blick zu. Was wurde hier gespielt? Erst das angesägte Gerüst, dann der Diebstahl der Farben – jemand wollte den Meister mit allen Mitteln daran hindern, das Fresko fertigzustellen …

Michelangelo weckte die Freunde bei Tagesanbruch. Nach einem hastigen Frühstück drückte er Leon seine, wie er betonte, letzten zwanzig Dukaten und eine Liste mit den benötigten Farben in die Hand. Dann erklärte er ihnen den Weg. Demnach wohnte Francesca in der Nähe des berühmten *Pantheons*.

Die Freunde machten sich sofort auf den Weg – und verliefen sich prompt im Gewirr der engen Gässchen. Manche der ungepflasterten Wege waren kaum zwei Meter breit, und da sich die Dächer der gegenüberliegenden Häuser fast berührten, fiel nur wenig Licht in die Gassen. Vor den Häusern spielten Kinder Fangen oder jagten streunenden Hunden hinterher. Überall waren Wäscheleinen gespannt, an denen alle möglichen Kleidungsstücke baumelten. Aus einem offenen Fenster roch es nach Tabak, aus einem anderen nach Zwiebeln und aus einem dritten war ein erregter Wortwechsel zu hören.

„Wo entlang?“, fragte Julian, als sie eine Kreuzung erreichten.

„Gute Frage, nächste Frage“, erwiderte Kim leicht verzweifelt.

Auch Leon hatte keine Idee, ob sie rechts oder links gehen sollten.

Da machte sich Kija mit einem Miauen bemerkbar und bog zielstrebig nach rechts ab. Und dank ihres einzigartigen Näschens und nach einigem Nachfragen bei Passanten gelangten sie schließlich auf die *Piazza Navona* in der Nähe ihres Ziels.

Für einen kurzen Moment genossen die Freunde das Treiben auf der Piazza. Sie lauschten dem Geschrei der Marktleute, die dort frisches Gemüse und Obst anboten, sogen den süßen Geruch der *Busolai* ein und bestaunten einen Kunstschmied, der feine Armreifen fertigte.

Aber Leon fiel noch etwas anderes auf. Ein Mann wandte sich rasch ab, als Leon zufällig in seine Richtung schaute. Wer immer es war, er hatte kein Interesse, sein Gesicht zu zeigen.

Merkwürdig, dachte Leon nervös. Hatten sie erneut einen „Schatten"?

Zügig gingen die Gefährten weiter und erreichten das gewaltige Pantheon, dessen Anblick ihnen die Sprache verschlug. Hinter der Vorhalle, die von sechzehn grauen Granitsäulen getragen wurde und eine sechs Meter hohe Tür aus Bronze hatte, erhob sich eine gigantische, vergoldete Kuppel, die in der Sonne funkelte.

„Komm, Julian!", bat Leon, der sah, dass sich sein Freund kaum von dem Anblick lösen konnte. „Sonst wird Michelangelo sauer!"

„Ja, gleich“, sagte Julian versonnen.

Leon seufzte und ließ seine Blicke schweifen. Ein Mann tauchte hinter einem Karren ab, als er in seine Richtung schaute. War das wieder die Gestalt, die Leon schon auf der Piazza aufgefallen war? Er konnte es nicht sagen. Und für ihren Verfolger war es ein Leichtes, immer wieder in der Menge abzutauchen. Leon beschloss, seinen Freunden zunächst nichts von seinen Beobachtungen zu erzählen. Vielleicht sah er ja nach den Vorfällen der Nacht auch einfach nur Gespenster.

Ein Bettler wies ihnen den Weg zu einer unscheinbaren Gasse, und wenig später standen sie vor dem uralten, schmalen und schiefen Haus, in dem Francesca leben sollte.

Leon hob die Hand, um an die Tür zu klopfen, doch in diesem Moment wurde sie bereits aufgerissen und eine schlanke, hübsche Frau in einem pechschwarzen, knöchellangen Gewand erschien. Sie hatte ein schmales Gesicht mit dunklen Augen und einer Stupsnase.

„Kundschaft, wie nett“, sagte sie und musterte die Freunde interessiert. „Drei Kinder und eine Katze – und was für ein bemerkenswert schönes Tier …“

„Ihr seid Francesca, nicht wahr?“, fragte Leon.

Die Frau, die etwa dreißig Jahre alt war, nickte.

„Uns schickt der Meister Michelangelo“, sagte Leon. „Er hat uns eine Liste der Farben mitgegeben, die er braucht.“

„Wenn er euch auch Dukaten mitgegeben hat, dann seid ihr willkommen“, erwiderte Francesca.

Nachdem Leon auf den Lederbeutel an seinem Gürtel gedeutet hatte, ließ Francesca die Gefährten herein.

Sie betraten einen hellen Raum, in dem es nach Essig, Erde und Harz roch. Überall standen Fläschchen und Tontöpfe herum, in denen Farben gelagert wurden. Es gab alle nur denkbaren Farbtöne: edel schimmerndes, dunkles Anthrazit, graubraunes *Sepia*, grellrotes *Zinnober* oder samtgrünes *Malachit*. Auf einer Werkbank standen Mörser, Siebe, eine Waage und Schalen, in denen ebenfalls verschiedene Farben leuchteten.

„Lass sehen“, sagte Francesca und nahm Leon den Zettel ab.

„Ah, Gebranntes Siena wünscht der Herr. Und gelbes *Auripigment* und blaues *Lapislazuli*. Alles nur vom Feinsten und vom Teuersten. Und hier, ganz unten: Smaltino“, sagte sie und ging zur Werkbank. „Das gute, alte, verrückte Smaltino.“

„Verrückt, wieso?“, fragte Leon nach.

„Man nennt es auch Kobaltblau“, fuhr Francesca fort. Sie setzte sich hinter die Werkbank und zog einen Mörser zu sich heran, in den sie ein grobes, blaues Pulver rieseln ließ. „Denn es wird aus Kobalt hergestellt. Im Bergwerk wird Kobalt oft für ein wertvolles Metall gehalten, weil es wie Silber glänzt. Doch mit Kobalt kann man nicht viel anfangen, es ist ziemlich wertlos. Daher glauben die

Bergleute, dass Kobolde das wertvolle Silber von diesem Erz wegfressen und die wertlosen Reste ausspucken. Und diesen Resten gaben sie den Namen Kobalt. Wie gesagt, eine ziemlich verrückte Geschichte."

Die Frau begann, das Pulver mit einem Stößel zu zerkleinern.

„Man muss bei der Zubereitung der Farben und *Pigmente* übrigens sehr vorsichtig sein", redete Francesca weiter. „Und nachher beim Malen auch. Denn einige Farben sind hochgiftig. Aber das weiß Michelangelo zweifellos."

Leon schluckte. Der Meister malte mit giftigen Farben? Er begann, sich unwohl zu fühlen. Auch Kim und Julian wären, wenn Leon die Blicke seiner Gefährten richtig deutete, am liebsten schnell gegangen. Das galt offenbar auch für Kija, die nervös vor der Tür auf und ab tigerte.

Dessen ungeachtet arbeitete Francesca konzentriert weiter. Einige Pigmente zerstieß sie im Mörser zu feinem Staub, andere nur zu groben Klumpen. Manche Pigmente löste sie in Essig auf, weitere wurden immer wieder gewaschen und durch ein Sieb gegossen, und wieder andere erhitzt.

Nach einer Stunde überreichte Francesca Leon einen Beutel mit den kostbaren Farben. Leon musste achtzehn Dukaten bezahlen – dann endlich konnten sie das Reich der Farbenhändlerin verlassen.

„Puh, irgendwie war mir diese Frau unheimlich“, sagte Julian.

„Mir auch“, gestand Leon. „Doch jetzt schnell zur Sixtina!“

Und so flitzten die Freunde zurück. Leon presste den Beutel mit dem wertvollen Inhalt fest an seine Brust. Immer wieder warf er beim Laufen einen Blick über die Schulter und erneut wurde er das Gefühl nicht los, dass sie auf Schritt und Tritt beobachtet wurden.

Die Erschaffung Evas

Michelangelo, Lorenzo und die beiden Malergehilfen erwarteten die Freunde bereits ungeduldig.

„Habt ihr alles bekommen?“, fragte der Meister, als die Gefährten auf dem Gerüst waren.

Leon gab ihm die Farben, und Michelangelo inspizierte die Schätze. „Sehr schön, alles da. Das gilt sicher nicht für meine armen Dukaten, oder?“

Leon drückte dem Meister die verbliebenen zwei Dukaten in die Hand.

Michelangelo verdrehte die Augen. „Dieses Fresko wird mich ruinieren. Ich kann wirklich nur hoffen, dass der Heilige Vater mir den Rest meines Gehalts bezahlt. Lorenzo, was macht der Intonaco?“

„Äh … der …“, begann der Muratore zu stottern. „Ich habe gerade …“

„Was?“

„Nun, ich bin der Meinung, dass wir hier an der Eva vielleicht noch ein bisschen mehr Gebranntes Siena auftragen könnten.“

„Was bildest du dir ein, Knecht?“, blaffte Michelangelo den Gehilfen an. „Du sollst den Putz anrühren, die Kunst überlass gefälligst mir."

„Ja, natürlich, Meister. Ich dachte doch nur, dass …"

Wieder ließ Michelangelo ihn nicht ausreden. „Du sollst nicht denken, du sollst nicht malen, du sollst das machen, wofür ich dich bezahle – den verdammten Putz!"

Da erklang ein Lachen zu ihren Füßen.

„Hoho, der große Meister Michelangelo scheint nervös und gereizt zu sein", höhnte jemand.

„Ha, die Stimme kenne ich doch. Das ist niemand anderes als dieser elende Raffael!", brauste Michelangelo auf. „Was hat denn der hier verloren?"

In Windeseile verließ der Meister das Gerüst und stieg die Leiter hinunter. Die Freunde und auch Lorenzo folgten ihm. Nur die beiden Malergehilfen blieben oben.

Am Portal standen zwei Männer. Der eine war Mitte sechzig und hatte ein blasses Gesicht mit einer fleischigen Nase und leicht hervorquellenden Augen. Bekleidet war er mit einem teuer wirkenden, golden schimmernden Gehrock und samtgrünen Beinlingen. Der andere war ein hübscher junger Mann mit olivfarbener Haut und gewellten Haaren, die ihm bis auf die Schultern fielen. Seine engelsgleichen Gesichtszüge waren weich, die Lippen voll, die Nase gerade. Er wirkte amüsiert und dabei ein wenig hochmütig.

„Michelangelo“, begrüßte der Ältere den Meister. „Ihr seid erregt, wie ich sehe. Ich hoffe, das liegt nicht am zögerlichen Fortgang der Arbeiten am Fresko …“

„Bramante“, stieß Michelangelo hervor und in den Ohren der Gefährten klang es fast wie ein Schimpfwort. „Ihr habt hier rein gar nichts verloren.“ Nun schaute der Meister den jüngeren Mann an. „Und das gilt auch für Euch, Raffael!“

Julian zuckte zusammen. Bramante und Raffael – das waren doch die beiden künstlerischen Erzfeinde des Meisters!

„Warum so unhöflich?“, fragte Raffael in singendem Tonfall. Der junge Künstler war ganz in Dunkelbraun gekleidet. Auf seinem Kopf saß eine kecke, topfförmige Kappe. „Wir sind nur gekommen, um Euch bei der Arbeit zuzusehen. Aber daraus scheint nichts zu werden …“

„Ja“, ergänzte Bramante. „Ein schnödes Tuch verwehrt die Sicht. Warum das? Habt Ihr Angst, Euch zu blamieren, Michelangelo?“

„Blamieren? Das ist doch ein Witz. Verbergen will ich es – vor allem vor Menschen wie Euch beiden, die nichts anderes im Sinn haben, als sich an den Ideen anderer zu bereichern.“

Raffaels Lachen klang hell durch die Kapelle. „Als ob

ich das nötig hätte. Ich habe schon mehr Fresken gemalt als Ihr, Michelangelo."

„So ist es", bestätigte Bramante. „Mein Freund Raffael hat ein ungeheures Talent. Er ist ein großartiger Maler. Aber Ihr, Michelangelo, seid Bildhauer. Und das hier ist Euer erstes Fresko, nicht wahr …"

Die Freunde sahen zu Michelangelo. Der Meister schien innerlich zu kochen. Doch er widersprach nicht.

„Mutig vom Papst, Euch mit der Arbeit zu betrauen. Hoffentlich bereut er das nicht", sagte Raffael nun.

Bramante winkte gnädig ab. „Das Risiko ist nicht so hoch. Sollte Michelangelo scheitern, wovon ich ausgehe, steht Ihr ja bereit, edler Freund."

Raffael lächelte geschmeichelt und nickte andeutungsweise.

„Wie ich hörte, spielt der Heilige Vater bereits mit diesem Gedanken", fuhr Bramante fort. „Ich kann ihn verstehen, er ist ja für sein Gotteshaus verantwortlich. Ihm muss alles daran gelegen sein, dass die Kapelle in neuem Glanz erstrahlt und dass man mehr sieht als …", er grinste breit, „ … als ein großes, weißes Tuch."

Michelangelo deutete auf das Portal. Sein Zeigefinger zitterte. „Raus!", schrie er. „Verlasst die Sixtina!"

Raffael deutete galant eine Verneigung an. „Nur zu gern. Aber wir erlauben uns, morgen am Gottesdienst teilzunehmen. Dann ist ja der große Moment der Wahrheit gekommen!"

Dann verließen der junge Künstler und Bramante die Kapelle.

„Gemein, wie die sich aufführen“, sagte Kim düster.

„Ein Skandal!“, tobte Michelangelo. „Man sollte ihnen die frechen Mäuler mit, mit …“ Er suchte nach Worten.

„Intonaco?“, schlug Lorenzo diensteifrig vor.

„Ja, mit Putz stopfen!“, zürnte der Meister. „Aber jetzt an die Arbeit. Das Eva-Fresko muss bis morgen fertig werden!“

Gemeinsam mit seinen Helfern eilte Michelangelo wieder zu dem Gemälde.

„Gut, auf dem Putz ist schon die dünne Haut entstanden. Rasch ans Werk!“, rief der Meister, nahm die Farben unter die Lupe und rührte sie mit Wasser an.

Dann ließ er jedoch seinen Malergehilfen den Vortritt – sie durften den Hintergrund für den Adam malen, eine vergleichsweise einfache Arbeit. Und im Gegensatz zum Vortag riss die feine Haut nicht ein. Auf dem Gesicht des Meisters erschien ein Strahlen.

Schließlich griff er selbst ein. Neugierig schauten die Gefährten zu, wie er arbeitete, den Kopf in den Nacken gelegt, die Augen wie ein Habicht auf sein Werk gerichtet. Mit einem eher groben Pinsel aus Schweineborsten malte er zunächst den Baum, an den er den schlafenden Adam mit dem Oberkörper gelehnt hatte. Immer wieder hielt er kritisch inne und kaute nachdenklich am Ende des Pinsels.

Danach kam Adam selbst dran. Der Meister griff nun zu einem feineren Pinsel aus Eichhörnchenhaar. Mit fließenden, raschen Bewegungen trug er die Farben auf und es schien den Freunden, als erwecke der begnadete Künstler die Figur des Adams zum Leben. Eine Stunde arbeitete er, ohne sich auch nur eine winzige Pause zu gönnen.

Dann legte Michelangelo den Pinsel unvermittelt ab und trat einen Schritt zurück, um das Fresko zu betrachten. Seine Augen huschten unruhig hin und her.

„Ich weiß nicht, ich weiß nicht …“, sagte er zweifelnd.

„Es ist fantastisch!“, rief Julian.

Doch der Meister wirkte unsicher und unglücklich. „Lorenzo, was meinst du?“

Der Muratore trat neben ihn. „Doch, es ist einfach wunderbar!“

Auf Michelangelos Gesicht erschien unvermittelt eine tiefe Zornesfalte. „Nein, ist es nicht. Sie werden morgen lachen, sie werden mich verspotten. Der Papst, Bramante, Raffael – alle!“

Und ehe irgendjemand eingreifen konnte, rammte der Maler den Pinsel in seinen Adam und zerstörte die Figur.

„Meister, was tut Ihr da?“, schrie Julian entsetzt.

„Es ist nicht perfekt, es ist nichts!“, brüllte Michelangelo. Er wandte sich zu den Freunden um. In seinen Augen standen Tränen. „Wir fangen von vorn an. Los, los! Neuen Putz, Lorenzo!“

Die Gefährten schauten fassungslos auf das zerstörte Bild.

„Steht nicht rum und glotzt. Bewegt euch!“, herrschte der Meister sie an.

Während sie den neuen Putz anrührten, sagte Julian leise zu den anderen: „Hoffentlich wird die Eva-Szene überhaupt noch fertig. Sonst gibt es morgen wirklich eine furchtbare Blamage …“

Ein hinterlistiger Konkurrent

Bis spät in den Abend, am Ende sogar im Schein von Öllämpchen, die die Gefährten hatten hochhalten müssen, hatten Michelangelo und die Malergehilfen weitergearbeitet. Und endlich, die Uhr schlug bereits zehn Mal, war der Meister zufrieden mit dem Eva-Fresko gewesen.

Jetzt war der 15. August 1510 angebrochen, der Tag der Entscheidung. Wie würden der Papst und das Volk reagieren, wenn die Hälfte der Decke, die nun fertig bemalt war, enthüllt wurde?

Während die Gefährten noch etwas gefrühstückt hatten, hatte der Meister keinen Brocken hinunterbekommen. Auf Drängen von Lorenzo hatte er aber wenigstens den alten, bekleckten Kittel gegen ein halbwegs sauberes Gewand getauscht.

Kim sah, dass der Meister entsetzlich nervös war. Auf dem Gang zur Sixtina wirkte er wie jemand, der am liebsten geflohen wäre.

Vor der Sixtina drängten sich die Massen. Die Pforte stand weit offen. Mühsam bahnten sich Michelangelo,

Lorenzo und die Gefährten einen Weg durch die Menge. Die Kirchenbänke waren bereits nahezu voll besetzt.

Kija maunzte laut und Kim sah zu ihr. Die Katze starrte in den hinteren Teil der Sixtina. Auf der vorletzten Bank auf der rechten Seite war noch etwas Platz. Doch Kim hielt inne. Dort saßen ausgerechnet Bramante und Raffael! Beide grüßten in die Runde und scherzten mit den Umherstehenden. Keine Frage, die beiden hatten beste Laune. Waren sie so fest von Michelangelos Scheitern überzeugt?

Die Katze miaute erneut und sauste zu der Kirchenbank mit den freien Plätzen. Zögernd folgten Kim, Leon und Julian ihr.

Vielleicht sind die Plätze gar nicht so schlecht, überlegte Kim insgeheim. Denn womöglich konnten sie die beiden Künstler ein wenig belauschen …

Schon saß das Mädchen neben Raffael. Der junge Mann beachtete sie nicht weiter.

Kim schaute zu Michelangelo. Er stand unsicher neben der Pforte. Lorenzo war gerade dabei, die Leiter zum Gerüst zu erklimmen. Michelangelo hatte den Freunden erklärt, dass der Muratore das Tuch auf ein bestimmtes Kommando hin wegziehen sollte.

In der Kapelle wurde gemurmelt und getuschelt. Alle warteten auf den Papst.

Und dann, pünktlich um neun Uhr, kam er. Kim verrenkte sich den Hals, um Julius II., der von der Schweizer Garde eskortiert wurde, sehen zu können.

Vor ihm schritt ein Diener mit einem großen Kreuz, dem ein weiterer Diener folgte, der ein Weihrauchfass schwenkte. Hinter dem Papst folgten die Kardinäle.

Der Heilige Vater trug diesmal die hohe, mit Goldfäden und Edelsteinen verzierte *Mitra* auf dem Kopf. Außerdem hatte er über dem Messgewand ein weißes *Pallium* angelegt, eine Art Stola mit fünf schwarzen Kreuzen. Mit einem weisen und gütigen Lächeln auf den Lippen schritt Julius II. zum Altar. Jedes Gemurmel war verstummt. Viele Besucher waren auf die Knie gesunken, andere verneigten sich wenigstens tief.

Dann hob ein Chor zu singen an. Sobald er verstummt war, ergriff der Papst das Wort und hielt eine Predigt. Doch Kim hörte nicht richtig hin. Sie beobachtete heimlich Bramante und Raffael. Nun wirkten beide angespannt. Das galt auch für Michelangelo, der nach wie vor an der Pforte stand und immer wieder zum Tuch hinaufschaute.

Nach der Predigt wurde erneut gesungen. Anschließend las der Papst eine Stelle aus der Bibel vor, bevor er der Gemeinde den Segen erteilte und sie gemeinsam das *Te deum laudamus* sangen.

Dann ergriff wieder der Papst das Wort. „Herr, wir danken dir für dieses Gotteshaus. Und wir danken dir, dass wir heute zusammenkommen dürfen, um etwas zu feiern, das dir, und nur dir, zum Ruhm gereichen soll." Er nickte Michelangelo kaum merklich zu.

Der Meister schaute wieder zur Decke der Sixtina und gab ein Handzeichen.

Und nun wurde das Tuch zurückgezogen, und zwar von der Mitte Richtung Portal. Stück für Stück kamen die bemalten Deckenfelder hervor, zuerst die Erschaffung Evas.

Ein Raunen ging durch die Menge.

Kim schaute zu Michelangelo. Er knetete nervös seine Hände.

Jetzt wurde erster Beifall laut.

Auf dem Gesicht des Papstes erschien ein Strahlen – auch er schien begeistert zu sein.

Und Raffael und Bramante? Während der junge Künstler überrascht wirkte, verdüsterte sich die Miene des älteren zunehmend.

Nun brandete Jubel auf. Das Volk feierte Michelangelo, der wie festgenagelt neben dem Eingang stand und errötete. Gemessenen Schrittes kam der Papst auf ihn zu und sagte etwas, was Kim nicht verstehen konnte.

In diesem Moment erhob sich Raffael abrupt und begann, durch das Gedränge auf den Heiligen Vater zuzusteuern.

Was will er von ihm?, überlegte Kim. Das Mädchen gab den Freunden ein Zeichen, sitzen zu bleiben und folgte dem Künstler.

Raffael verneigte sich tief vor dem Papst, der sich schon wieder vom dicht umlagerten Michelangelo abgewandt hatte und mit einem Kardinal sprach.

Julius II. nahm den jungen Mann beiseite und sah ihn erwartungsvoll an.

Kim glitt neben den beiden auf eine frei gewordene Kirchenbank, legte den Kopf in den Nacken und tat so, als würde sie das wunderbare Werk von Michelangelo betrachten. Aber in Wirklichkeit spitzte sie die Ohren.

„… eine vortreffliche Arbeit, gar keine Frage", hörte sie den Papst sagen.

„Ja, selbstverständlich", antwortete Raffael. „Aber es gibt nichts, was man nicht verbessern könnte."

„Wie meint Ihr das?"

„Nun", sinnierte der junge Künstler. „Es gibt das eine oder andere, was man prächtiger gestalten könnte – zumindest bei der zweiten Hälfte der Decke, die ja noch nicht in Angriff genommen wurde, mein allerhöchster *Pontifex*."

Kim verschlug es den Atem. Wollte Raffael etwa den Auftrag für den zweiten Teil der Arbeit ergattern? Sie linste zum Heiligen Vater. Wie würde er reagieren?

Der Papst nickte bedächtig. „Ja, die Decke der Sixtina wäre eine großartige Bühne für Euer nicht minder großartiges Talent …"

„Danke, Heiliger Vater", erwiderte Raffael geschmeichelt. „Und Ihr habt Recht, die Sixtina ist schließlich

nicht irgendeine Kapelle. Es wäre eine große Ehre für mich, sie mit meiner Kunst zu schmücken."

„Ihr meint, ich soll Euch mit der Ausgestaltung des zweiten Teils betrauen?", brachte Julius II. die Sache auf den Punkt.

Kim konnte es nicht fassen. Raffael schien wirklich skrupellos zu sein. Noch während Michelangelo für sein Werk gefeiert wurde, wagte es Raffael, hinter Michelangelos Rücken an den Papst heranzutreten, um dem Gegner den Auftrag abspenstig zu machen!

Einige Sekunden sagte keiner der Männer etwas.

„Ich könnte die Arbeit günstiger und schneller erledigen. Und, mit Verlaub, mit mehr Brillanz, Heiliger Vater!", sagte Raffael schließlich leise und eindringlich. „Und mein Charakter gilt als nicht ganz so schwierig …"

Der Papst schien zu zögern.

Kim biss sich auf die Unterlippe. Wie würde sich Julius II. entscheiden?

Gebranntes Siena

Unvermittelt lachte der Papst auf. „Ja, so schwierig wie Michelangelo seid Ihr nicht, Raffael. Aber Michelangelo wird die Arbeit fortführen. Ich bin zufrieden mit dem, was er bisher geleistet hat und habe keinen Grund, ihm den Auftrag zu entziehen." Er klopfte Raffael auf die Schulter. „Eure Stunde wird kommen. Ihr seid noch jung." Mit diesen Worten ließ der Heilige Vater den Künstler stehen.

Erleichtert stand Kim auf und drängte sich an Raffael vorbei, um wieder zurück zu ihren Freunden zu gelangen.

„Unglaublich", murmelte Leon, der Kija wegen der vielen Leute auf den Arm genommen hatte. „Hier wird wirklich mit verdammt harten Bandagen gekämpft!"

„Ja, und Raffael wirkt ziemlich sauer", erkannte Julian. „Seht nur, er ist zu Bramante gegangen."

Der junge Künstler redete mit Händen und Füßen auf seinen Freund ein, der ein grimmiges Gesicht machte. Die beiden waren nur zwei Meter von den Freunden entfernt.

„Kein Wunder, dass er wütend ist. Schließlich …", hob Leon an.

„Warte mal“, unterbrach Julian ihn. „Mir ist da gerade etwas aufgefallen.“

An der rechten Hand des Künstlers, war da nicht … Julian schaute genauer hin. Und endlich hörte Raffael mit dem Herumgefuchtel auf.

Jetzt sah Julian es genau. An der Hand des Künstlers war braune Farbe. Aber es war nicht irgendein Braun, davon war Julian überzeugt, es war Gebranntes Siena! Noch gestern hatte der Junge gesehen, wie Michelangelo diese Farbe aufgetragen hatte. Und genau diese Farbe war doch auch aus der Werkstatt des Meisters gestohlen worden! War Raffael der Dieb?

Schnell setzte er seine Freunde ins Bild.

„Ich weiß nicht“, wiegelte Leon ab. „Raffael ist ja auch ein Maler. Vielleicht hat er zufällig gerade mit dieser Farbe gemalt.“

„Möglich“, gab Julian zu. „Aber das wäre natürlich ein ziemlich großer Zufall. Und Raffael hat nun wirklich ein starkes Motiv. Wie wir gerade von Kim gehört haben, will er sich tatsächlich den Auftrag unter den Nagel reißen. Genau wie es Michelangelo immer vermutet hat, aber nie beweisen konnte.“

Leon streichelte Kija am Kinn, was die Katze mit einem Schnurren honorierte. „Beweisen können wir das auch nicht. Aber du hast Recht, Julian: Raffael ist sehr verdächtig.“

„Demnach hätte der Papst doch nichts mit der Sache

zu tun“, ergänzte Kim. „Wenn er Michelangelo wirklich hätte ausbooten wollen, dann hätte er es gerade tun können. Raffael hat ihm ja seine Dienste förmlich aufgedrängt.“

Julian nickte nachdenklich. Der freundliche Raffael ein Saboteur und Dieb … schwer vorstellbar, aber naheliegend.

„Was steht ihr hier so traurig herum?“, erklang in diesem Moment Lorenzos fröhliche Stimme. „Kommt mit nach Hause, wir haben schließlich etwas zu feiern! Und ich werde kochen!“

Zwei Stunden später herrschte in der Werkstatt des Meisters eine ganz andere Stimmung als sonst. Michelangelo hatte den großen Tisch frei geräumt und ein weißes Tuch daraufgelegt. In den großen Kelchen der Erwachsenen schimmerte roter Wein. Lorenzo hatte sein Talent als Koch bewiesen. Als Vorspeise hatte es *Vitello Tonnato* gegeben, feines Kalbfleisch mit Kapern. Kija hatte diesen Gang wegen der Thunfischsoße besonders schmackhaft gefunden.

Dann hatte Lorenzo eine unendlich leckere Lasagne aufgetragen, anschließend einen feinen Wildschweinbraten mit Rosinen und Pinienkernen und nun machten sie sich alle über die Süßspeise her: *Profiteroles,* kleine mit Vanillecreme gefüllte Windbeutel.

„Perfekt!“, lobte Michelangelo und nahm noch einen Schluck Wein. Er wirkte gelöst und unendlich erleichtert.

„Auf Euch, Meister!“, rief Lorenzo und hob ebenfalls sein Glas.

Auch die Freunde und die beiden Malergehilfen stießen mit an. Die drei Kinder tranken heute Milch statt Wasser.

Für heute gab der Meister ihnen allen frei. Nachdem sie den Tisch abgeräumt hatten, machte er sich summend daran, ein paar Skizzen anzufertigen. Lorenzo zog sich zu einem Mittagsschläfchen zurück, während die Gefährten die nähere Umgebung erkundeten.

Früh am Abend holte sie der Alltag wieder ein. Michelangelo ordnete an, dass sie zeitig zu Bett gingen, damit sie morgen in aller Frühe an die Arbeit gehen konnten – das nächste Fresko stand an: die Erschaffung Adams.

Als die Nacht ihr samtenes Tuch über Rom gebreitet hatte, waren Julian, Leon und Kim tief eingeschlafen. Nur Kija war noch wach und streifte auf weichen Pfoten durch das stille Haus. Sie war auf der Suche nach einem Mitternachtsimbiss.

Es war gegen ein Uhr, als Julian hochschreckte. Etwas

saß auf seinem Bauch, und der Junge wollte schon aufschreien. Aber dann erkannte er, dass es Kija war.

„Ach, du bist es“, seufzte Julian schläfrig. „Hast du mich aber erschreckt.“ Schon schloss er die Augen wieder.

Doch da hatte er die Rechnung ohne die Katze gemacht. Sie stupste ihn mit der Pfote, kitzelte ihn mit ihren Barthaaren, maunzte leise in sein Ohr – und das alles so lange, bis Julian entnervt fragte: „Was hast du denn?“

Das reichte. Kija sprang von Julians Lager und sauste zur offen stehenden Tür. Dort drehte sie sich um und schaute ihn mit großen, erwartungsvollen Augen an.

Julian überlegte. Wollte die Katze ihm etwas zeigen, sollte er ihr folgen? Jetzt war er schlagartig wach. Er warf einen Blick zu Kim und Leon. Die beiden rührten sich nicht, sie schienen tief und fest zu schlafen.

Ein ungeduldiges Miauen kam von der Tür.

Na gut, dachte sich Julian, dann schaue ich eben allein nach, was Kija mir zeigen will.

Auf nackten Füßen schlich er der Katze hinterher. Geräuschlos glitt Kija die Treppe hinunter zur Werkstatt. Julian folgte ihr, jedoch längst nicht so leise wie die Katze. Mehrfach knarrten die Stiegen verräterisch. Julian fröstelte. War etwa wieder ein Einbrecher im Haus? Jemand, der die Farben stehlen wollte? Jemand wie Raffael? Seine Knie wurden weich. Dennoch ging er weiter.

Nun hatte er den Flur im Erdgeschoss erreicht. Hier war es fast stockduster. Julian tastete sich mit ausgestreckten Händen voran. Gleich musste auf der linken Seite die Tür zur Werkstatt kommen.

Etwas knackte und ließ ihn innehalten. Woher war das Geräusch gekommen? Und wo war Kija? Etwa in der Werkstatt?

Da fiel Julian etwas auf. Die Haustür stand einen Spalt offen! Von der Straße fiel etwas Licht herein. Hatte Michelangelo vergessen, die Tür zu verschließen?

Nein, dachte Julian, nach dem Einbruch würde er niemals so leichtsinnig sein. Hier war doch etwas faul!

Nach zwei weiteren Schritten stand er vor der Tür der Werkstatt. Auch sie war offen …

Hier war nicht nur etwas faul, hier war sogar etwas oberfaul!, dachte der Junge und wollte schon Alarm schlagen.

In dieser Sekunde legte sich eine Hand auf seine Schulter. Julians Blut gefror.

Der Pinsel aus Eichhörnchenhaar

„Was machst du da?“, blaffte Lorenzo. „Wieso schleichst du hier im Dunklen herum?“

Julian war unfähig, etwas zu sagen.

Der Muratore zerrte ihn in die Werkstatt und entzündete eine Kerze.

„Ah, du bist es, Julian“, sagte er leise und drohend. „Und jetzt rede: Was hast du hier verloren, hä?“

Noch immer brachte Julian keinen Ton heraus. Er wusste, dass er sich gerade in einer ziemlich unangenehmen Situation befand. Immerhin hatte es gerade erst einen Einbruch in diesem Haus gegeben. Kein Wunder, dass Lorenzo Fragen stellte. Da spürte Julian Kija an seinen nackten Füßen und das war irgendwie tröstlich.

„Ich bin von Kija geweckt worden“, begann der Junge schließlich, „und dann …“

„Von der Katze?“ Lorenzo tippte sich an die Stirn. „Erzähl mir keine Märchen. Bin gespannt, was der Meister dazu sagt. Schließlich ist es sein Haus!“ Er legte die Hände wie einen Trichter um den Mund und brüllte

Michelangelos Namen in den Flur, dass die Wände wackelten.

Keine halbe Minute später waren Schritte zu hören. Zuerst erschien Michelangelo, dann folgten Leon und Kim.

„Was ist hier los?“, verlangte der Meister zu wissen.

„Ich habe verdächtige Schritte gehört und nachgesehen“, berichtete Lorenzo. „Und dabei stieß ich auf Julian. Er ist hier in der Dunkelheit herumgeschlichen. Und die Haustür stand offen …“

Der Meister baute sich drohend vor dem Jungen auf. „Was hat das zu bedeuten?“

Wieder stammelte Julian seine Entschuldigung, doch weder der Meister noch der Muratore wollten ihm glauben.

„Vielleicht bist du ja der Farbendieb“, sagte Michelangelo düster. „Ich bete, dass es nicht so ist. Denn ich habe dir und deinen Freunden vertraut.“

Im Licht der Kerze durchsuchte er die Werkstatt.

„Die Farben sind noch alle da“, sagte der Meister, und Julian atmete schon auf. Jetzt würde alles gut werden.

Doch urplötzlich schoss Michelangelo herum. Seine Augen waren nur noch schmale Schlitze.

„Ja, die Farben sind komplett, aber ein teurer Pinsel aus Eichhörnchenhaar fehlt! Mein Lieblingspinsel! Der ist einige Dukaten wert. Gib ihn her!“, schrie er Julian an.

„Ich … ich habe ihn nicht, ich schwör's!", rief der Junge voller Angst.

Der Meister winkte ab. „Ich glaube dir kein Wort. Lorenzo, durchsuch ihn!"

Der Muratore tat, wie ihm geheißen, fand aber nichts. Dann jagte Michelangelo ihn nach oben in das Zimmer der Gefährten. Während der Muratore die Kammer der Kinder durchwühlte, herrschte in der Werkstatt eisiges Schweigen.

Wenig später kehrte Lorenzo mit leeren Händen zurück.

„Das heißt gar nichts", brummte Michelangelo. „Womöglich hat der kleine Dieb den Pinsel irgendwo draußen versteckt oder einem Komplizen gegeben. Vielleicht hat Raffael dort irgendwo in der Nacht gewartet. Das würde erklären, warum die Haustür offen stand."

„Nein, so war es nicht!", beteuerte Julian noch einmal.

Aber es nützte alles nichts. Zu ihrem Entsetzen jagte der Meister die Freunde mitten in der Nacht aus dem Haus.

„Ich will euch nie wieder sehen!", brüllte er ihnen hinterher. Dann knallte die Tür zu.

„Auweia", sagte Kim, „das ist wohl das Ende dieses Abenteuers …"

„Ja, und kein besonders rühmliches", ergänzte Leon bedrückt. „Aber jetzt erzähl mal, Julian: Was ist wirklich vorgefallen?"

Stockend berichtete der Junge.

„Hm“, machte Leon, sobald sein Freund geendet hatte. „Wer hat nun wirklich den wertvollen Pinsel gestohlen?“

„Gute Frage“, sagte Kim leise. „Und zum Thema Dieb: Hier laufen ziemlich merkwürdige Gestalten herum.“

In der kaum beleuchteten Gasse kamen zwei große breitschultrige Männer auf sie zu. Als sie die Gefährten sahen, wurden ihre Schritte langsamer.

Kim schluckte.

Aber offenbar erkannten die Männer schnell, dass bei Leon, Julian und Kim nichts zu holen war. Sie glitten an ihnen vorbei und verschwanden in der Nacht.

„Sollen wir heim nach Siebenthann?“, fragte Julian leise. „Die Engelsbrücke ist nicht weit entfernt. Zu Hause wären wir in Sicherheit.“

Kim war stehen geblieben. „Ich weiß nicht. Das ist alles so unbefriedigend. Wir wissen schließlich immer noch nicht, wer hinter dem Ganzen steckt.“

„Ja, außerdem lastet ein falscher Verdacht auf uns“, ergänzte Leon. „Was haltet ihr davon, wenn wir noch einen Versuch unternehmen, Michelangelo umzustimmen? Morgen ist seine Wut womöglich verraucht. Außerdem fehlen ihm Gehilfen. Wenn er uns wieder anstellt, könnten wir versuchen, unsere Unschuld zu beweisen und den wahren Täter zu überführen. Wir müssen herausfinden, ob Raffael der Täter ist. Denkt nur an die verräterische Farbe an seinen Händen."

Nach kurzer Diskussion war auch Julian einverstanden. Doch einen Einwand hatte er noch: „Wo sollen wir jetzt eigentlich hin?"

Da machte sich Kija bemerkbar. Sie miaute eindringlich und flitzte los, den Schwanz steil erhoben.

„Sieht so aus, als habe Kija mal wieder eine gute Idee", rief Julian.

Die Katze führte die Freunde schnurstracks zur Engelsbrücke, und Julian vermutete schon, dass es Kija war, die nun nach Hause wollte. Doch er irrte. Vor der Brücke huschte die Katze in ein Gebüsch und lief zur Tiberböschung hinunter. Julian, Leon und Kim stolperten ihr hinterher. Kurz darauf standen sie unter dem letzten Brückenbogen. Und genau hier lotste Kija ihre Freunde zu einem geschützten Plätzchen. Es war eine kleine, trockene Grasfläche, von der aus sie einen schönen Blick auf den nächtlichen Fluss hatten. Die wenigen Lichter, die noch am Ufer brannten, spiegelten sich im Wasser.

„Gar nicht mal so schlecht", urteilte Leon, während er sich im Gras ausstreckte. Er streichelte Kijas Köpfchen. „Kluges Tier. Hier kann man es aushalten, jedenfalls eine Nacht."

Julian war sich da nicht so sicher. Unruhig huschten

seine Augen hin und her. Zunächst glaubte er, Schatten und Gestalten zu sehen, die in der Nähe herumspukten. Aber dann erkannte er, dass seine Fantasie ihm einen Streich spielte. Die Nacht war warm und friedlich, und allmählich entspannte auch er sich.

Eine falsche Spur

Als er am nächsten Morgen durch den lauten Gesang eines Fischers erwachte, reckte und streckte sich Leon erst einmal. Ihm tat jeder Knochen weh. Das einfache Bett in Michelangelos Kammer war sicher kein Luxus gewesen, aber hundertmal weicher als das Stückchen Rasen, auf dem sie hier genächtigt hatten.

„Guten Morgen, du Schlafmütze!", begrüßte Kim ihn.

Leon gähnte. Dann sagte er: „Und wer bringt mir jetzt das Frühstück?"

„Da kannst du lange warten", sagte Julian und seufzte.

„Ich habe aber Hunger", maulte Leon und rappelte sich auf.

„Dann nichts wie hin zur Sixtina", schlug Julian vor. „Vielleicht gelingt es uns ja tatsächlich, Michelangelo von unserer Unschuld zu überzeugen."

Rasch liefen sie zur Kapelle. Doch je näher sie kamen, umso schleppender wurden ihre Schritte. Jetzt tauchte die Pforte auf. Sie stand halb offen. Ob sie es einfach wagen sollten, die Sixtina zu betreten?

In diesem Moment erklang ein Schrei. *„Aiuto!"*

Alarmiert schauten sich die Freunde an. Dann hetzten sie in das Gotteshaus.

„Hilfe!", rief die Stimme noch einmal.

„Das ist doch Lorenzo!", erkannte Leon. „Er ist oben auf dem Gerüst!"

So schnell sie konnten, erklommen sie die Leiter. Kija blieb unten und schaute ihnen mit großen Augen nach.

Leon kam als Erster auf dem Gerüst an. Dort knieten Lorenzo und die beiden Malergehilfen neben einer Gestalt, die unterhalb eines gerade begonnenen Freskos auf dem Rücken lag.

„Oh Gott, es ist der Meister!", entfuhr es Leon.

Jetzt hob Lorenzo den Kopf. „Ja, er ist gerade zusammengebrochen – ich … ich kann mir das … nicht erklären", stammelte er fassungslos.

„Wir brauchen einen Arzt!", rief Leon.

„Ich laufe los, ich weiß, wo ich einen *Medico* finden kann!" Lorenzo hastete zur Leiter.

Die Freunde hockten sich neben den bewusstlosen Michelangelo. Während Julian den Puls des Meisters fühlte, schaute Leon in das Gesicht des Künstlers. Michelangelo war aschfahl, sein Atem ging stoßweise. Die Lippen waren zusammengekniffen, die Augen geschlossen. Auf der Stirn standen Schweißperlen. In den Mundwinkeln erkannte Leon braune Farbspuren.

„Was ist hier passiert?“, murmelte Leon.

„Hoffentlich kommt der Arzt bald“, sagte Julian besorgt. „Michelangelos Puls ist viel zu hoch!“

Da fiel Leons Blick auf die rechte Hand des Meisters. Darin lag ein Pinsel.

Leons Augen wurden schmal. Er hatte bei den Arbeiten an den Fresken gut aufgepasst, und wenn ihn nicht alles täuschte, dann war das ein Pinsel mit einer Spitze aus Eichhörnchenhaar!

Jetzt stöhnte Michelangelo laut auf. Er öffnete die Augen, seine linke Hand schoss vor und packte Leon mit eisernem Griff.

Der Junge schrie auf und fuhr zurück. Urplötzlich erlahmte die Kraft des Meisters wieder, die Hand sank matt auf den Boden.

„Ich hole Wasser“, sagte Kim und sauste zu den Eimern und Säcken mit Kalk. Dort fand sie, was sie suchte. Sie tauchte einen Lappen in das Wasser und kühlte damit Michelangelos heiße Stirn.

Zehn Minuten später kam Lorenzo endlich mit dem Arzt zurück.

„Macht Platz“, verscheuchte der Medico die Gefährten und begann, den Künstler zu untersuchen.

„Merkwürdig, merkwürdig“, grummelte der Arzt vor

sich hin. Er schaute Lorenzo an. „Das sieht mir nach einer Vergiftung aus. Hat er irgendetwas Falsches gegessen? Fisch vielleicht?“

„Nicht, dass ich wüsste“, sagte Lorenzo und hob hilflos die Schultern.

„Gleich wie“, sagte der Arzt, „er muss ins Hospital. Können wir ihn mit dem Seilzug herunterlassen?“

„Ja, das müsste gehen“, sagte Lorenzo schnell.

Mit vereinten Kräften trugen sie den Meister zum Rand des Gerüsts und seilten ihn dann ganz vorsichtig ab, während der Medico die Leiter hinunterkletterte. Auf dem Mosaikboden der Sixtina nahm der Arzt seinen Patienten wieder in Empfang. Inzwischen hatten sich einige Schaulustige im Eingangsbereich der Kapelle eingefunden.

„Eine Trage, schnell!“, blaffte der Arzt die Gaffer an, die sich sofort nützlich machten.

Nun wagte Leon die Frage zu stellen, die ihm unter den Nägeln brannte. „Sag mal, Lorenzo, der Pinsel, der bei Michelangelo lag, ist der aus Eichhörnchenhaar?“

Der Muratore schlug sich vor die Stirn. „Ja, natürlich! Gut, dass du das erwähnst. Der Pinsel war heute Morgen plötzlich wieder da. Er lag in der Werkstatt …“

„Wie kann das sein?“, fragte Leon nach, der zugleich sehr erleichtert war. Jetzt war ihre Unschuld bewiesen!

„Keine Ahnung. Vielleicht hatte der Meister ihn einfach nur verlegt“, erwiderte Lorenzo und rang sich ein

Lächeln ab. „Jedenfalls seid ihr wohl doch keine Diebe, das steht jetzt fest."

Komisch, dass der Pinsel einfach wieder aufgetaucht ist, dachte Leon. Er zupfte an seinem linken Ohrläppchen – wie immer, wenn er scharf nachdachte.

Unterdessen wurde der Meister auf eine Trage gehoben und aus der Kapelle gebracht.

Lorenzo bekreuzigte sich und betete leise vor sich hin.

„Ich werde hinuntersteigen und sehen, wo Michelangelo hingebracht wird. Außerdem werde ich die Neugierigen hinauswerfen", sagte er dann leise und ging nun ebenfalls zur Leiter.

„Hoffentlich wird Michelangelo schnell wieder gesund", murmelte Kim, sobald sie unter sich waren.

„Ja", sagte Leon und fügte hinzu: „Findet ihr es nicht auch sehr seltsam, dass der Pinsel wieder da ist? Es ist ja schön, dass unsere Unschuld bewiesen wurde, aber auf diese Umstände hätte ich gern verzichtet. Ich überlege gerade, ob jemand den Pinsel weggenommen und wieder zurückgelegt hat."

„Warum sollte jemand das tun?", warf Kim ein.

Leon seufzte. „Gute Frage."

Er ging ein paar Meter zurück und hob den Pinsel auf. Dann nahm er die feinen Pinselhaare unter die Lupe.

„Gebranntes Siena", sagte er. Er blickte zum gerade begonnenen Fresko hinauf, das die Erschaffung Adams zum Thema hatte. Auch hier war die braune Farbe zu sehen. Wieder schaute Leon den Pinsel an. Auch an dessen Ende klebten bräunliche Farbreste.

„Michelangelo hat mit dem Gebrannten Siena gemalt. Dabei schmierte er das Zeug unabsichtlich ans Pinselende“, kombinierte er. „Und dann knabberte er wie gewöhnlich darauf herum. Deshalb hatte er braune Farbreste an den Lippen …“

„Willst du damit sagen, dass …“, hob Kim an.

Leon schnippte mit den Fingern. „Genau das! Das Gebrannte Siena ist womöglich gefährlich. Denkt nur an Francescas Worte. Vielleicht hat sich Michelangelo unbeabsichtigt damit vergiftet!“

Julian schüttelte den Kopf. „Das glaube ich nicht. Der Meister weiß doch, welche Farben giftig sind und welche nicht. So unvorsichtig wird er nicht sein, dass er auf einer giftigen Farbe herumknabbert.“

„Wer weiß, womöglich war es ein Unfall“, beharrte Leon.

„Zunächst einmal müssten wir herausfinden, ob das Gebrannte Siena überhaupt giftig ist“, warf Kim ein. „Diese Frage kann uns Francesca beantworten. Lasst uns zu ihr laufen. Und am besten nehmen wir den Pinsel mit.“

In Windeseile stürmten sie die Leiter hinab. Unten wurden sie schon ungeduldig von Kija erwartet.

„Findest du den Weg zu Francesca?“, fragte Leon die Katze.

Kija schaute den Jungen mit ihren wunderschönen, smaragdgrünen Augen an. Dann maunzte sie und glitt durch die Pforte der Sixtina in die warme Sonne.

Eine Viertelstunde und einige kleine Umwege später standen sie vor dem Haus der Farbenmacherin.

Francesca ließ sie herein. Sie war völlig entsetzt, als sie von Michelangelos Zusammenbruch erfuhr. Dann schaute sie sich den Pinsel an.

„Ja, das ist eindeutig Gebranntes Siena“, sagte sie, nachdem sie ein wenig Farbe abgekratzt hatte. „Aber diese Farbe ist überhaupt nicht giftig. Nein, daran kann sich der Meister unmöglich vergiftet haben.“

Kurz darauf standen die Gefährten wieder in der Gasse vor dem Haus.

„Und jetzt?“, fragte Leon.

„Zurück zur Sixtina. Wir fragen, wohin Michelangelo gebracht wurde. Vielleicht können wir ihn besuchen und erfahren, wie es ihm geht“, schlug Julian vor.

„Einen Moment noch“, sagte Kim. „Wenn das Gebrannte Siena ungefährlich ist, dann frage ich mich, woran sich der Meister vergiftet hat … Leon, gib mir doch bitte mal den Pinsel.“

Achselzuckend gab der Junge ihr das Gewünschte.

Nun war es Kim, die den Pinsel aus Eichhörnchenhaar

unter die Lupe nahm. Unvermittelt hielt sie die Luft an. Kim hatte etwas entdeckt, was ihnen vorher entgangen sein musste!

Die Farbe des Todes

„Schaut mal!“, rief Kim aufgeregt und deutete auf das Pinselende – genau dorthin, wo Francesca die Farbe abgekratzt hatte. „Da ist noch eine Farbe darunter – eine blaue Farbe!“

Leon und Julian beugten sich über den Pinsel.

„Stimmt“, sagte Julian.

„Und vielleicht ist ja diese blaue Farbe giftig“, fuhr Kim fort. „Lasst uns Francesca ein zweites Mal um Rat fragen.“

Sie klopften noch mal an die Tür.

„Ihr schon wieder?“, sagte die Farbenmacherin belustigt. „Was kann ich diesmal für euch tun?“

Kim erklärte es ihr. Achselzuckend schaute Francesca sich den Pinsel erneut an.

„Du hast Recht“, sagte sie dann. „Da ist noch eine zweite Farbe unter dem Gebrannten Siena. Das muss ich vorhin übersehen haben. Es handelt sich um Kobaltblau oder Smaltino, wie es auch genannt wird. Ihr erinnert euch, oder?“

Kim nickte heftig. „Na klar, die Farbe der Kobolde!“

„Ja, aber diese Farbe hat noch einen anderen Namen“, sagte Francesca langsam. „Denn Smaltino hat Qualitäten, die einem Bergmann vielleicht verborgen bleiben, nicht aber jemandem, der sich mit Pigmenten auskennt …“

Die Gefährten schauten die Farbenmacherin neugierig an. Kim entging nicht, dass Kija unruhig war. Die Katze schien eine Gefahr zu spüren.

„Welche Qualitäten?

„Man nennt es auch die Farbe des Todes …“

Kim bekam weiche Knie. „Die Farbe des Todes? Ist Smaltino etwa …“

„Ja, es ist giftig, tödlich giftig.“ Francesca ließ etwas, was Kim an feine Glassplitter erinnerte, in den Mörser rieseln. „Smaltino wird aus pulverisiertem, mit Kobalt gefärbtem Glas hergestellt. Und Kobalt hat einen hohen Anteil an *Arsen*, einem tödlichen Gift. Hier in Rom wird Kobalt sogar zur Bekämpfung von Ungeziefer eingesetzt. Und den einen oder anderen Mord mit Kobalt soll es auch gegeben haben, aber das ist natürlich nicht bewiesen.“

Kim blies die Backen auf. Ihr kam ein furchtbarer Verdacht – denn plötzlich hatte sie eine Idee, wie der Täter vorgegangen sein könnte.

„Danke“, sagte sie und nahm den Pinsel an sich. „Wir müssen wieder los, weil wir noch Michelangelo besuchen wollen.“

„Gute Idee, grüßt ihn von mir“, sagte die Farbenmacherin. „*Arrivederci!*“

„Ciao!", erwiderte Kim und verließ zusammen mit ihren Freunden die Werkstatt.

Kaum dass sie unter sich waren, wisperte Kim aufgeregt: „Ich sage euch: Der Täter hat den Pinsel aus der Werkstatt gestohlen, um ihn zu präparieren! Zunächst trug er eine dünne Schicht des hochgiftigen Smaltinos auf, anschließend übermalte er das Blau mit dem ungefährlichen Gebrannten Siena. Und zum Schluss legte er den Pinsel an seinen Platz zurück. Das erklärt, wieso der Pinsel plötzlich wieder da war!"

Julian kratzte sich am Hinterkopf. „Und dann?"

„Als Michelangelo ahnungslos auf dem Siena herumkaute, löste sein Speichel diese Farbe auf – und der Meister hatte plötzlich das darunter verborgene, gefährliche Smaltino im Mund. So wurde er vergiftet!", erklärte Kim.

„Was für ein teuflischer Plan!", rief Julian. „Gut kombiniert, Kim!"

„Zweifellos", sagte Leon. „Aber diese Theorie hat einen kleinen Haken."

Kim stemmte die Arme in die Hüften und sah Leon herausfordernd an. „So, welchen denn?"

„Wir können sie nicht belegen", gab Leon zu bedenken.

Da hatte er dummerweise Recht, musste sich das Mädchen eingestehen. Sie brauchten einen Beweis.

„Raffael kennt sich mit Pinseln und Farben aus", dachte Julian laut nach. „Und er hat ein Motiv."

„Ja, jetzt spricht noch mehr dafür, dass er der Täter ist“, stimmte Leon ihm zu. „Aber wie können wir ihn überführen?“

In diesem Moment meldete sich Kija mit einem ihrer ungeduldigen Maunzer. Nachdem die Katze sicher sein konnte, dass ihr alle Aufmerksamkeit galt, flitzte sie los und führte die Freunde geradewegs zur Sixtina zurück.

Als sie außer Atem dort ankamen, steuerten gerade zwei Männer, die von einer Eskorte der Schweizer Garde begleitet wurden, auf die Kapelle zu.

„Seht nur, das sind der Papst und Raffael!“, wisperte Kim. „Was wollen denn die hier?“

Die Gunst der Stunde

Nahezu gleichzeitig mit dem Papst und Raffael erreichten die Gefährten Lorenzo, der vor der Pforte wartete.

Der Muratore nickte den Freunden kurz zu, wandte sich dann aber an Julius II. und verneigte sich tief. Er wirkte nervös.

„Heiliger Vater, es ist entsetzlich", begann er. „Der ehrwürdige Meister Michelangelo ist …"

„… im Hospital", fiel der Papst ihm ins Wort. „Das weiß ich längst. Ich bin gekommen, um zu erfahren, wie sich das zugetragen hat."

„Ja, das würde mich auch interessieren", sagte Raffael mit seiner sanften, singenden Stimme.

Heuchler, dachte Julian und warf seinen Freunden einen heimlichen Blick zu.

„Äh", hob Lorenzo an. „Das war so … Er hat plötzlich einen Zusammenbruch erlitten. Lag einfach da, hoch oben auf dem Gerüst. Tja, und dann …"

Ungeduldig winkte Julius II. ab. „Schweig! Ich ertrage dein Gestammel nicht. Weißt du denn, ob er lange ausfallen wird?"

Der Muratore hob bedauernd die Schultern. „Das liegt allein in den Händen des Herrn."

Der Papst verdrehte die Augen. „Ja, ja, das tut es wohl, das tut es schließlich immer." Er lief unruhig vor dem Portal auf und ab. „Das Fresko muss fertig werden."

Aha, dachte Julian, dem Papst ist Michelangelo völlig egal. Ihm geht es nur darum, dass die Arbeiten fortgeführt werden!

Nun hob Julius II. die Arme theatralisch zum Himmel. „Wie stehen wir denn da, wenn die Decke der Sixtina unvollendet bleibt – eine Baustelle unter einem Tuch?"

In diesem Moment trat Raffael einen Schritt vor. „Mit allem Respekt vor Michelangelo und seinem Schaffen, Heiliger Vater, aber ich würde mich bereit erklären, einzuspringen."

Julian schloss die Augen. Das durfte nicht wahr sein! Kaum war Michelangelo im Hospital, da nutzte Raffael die Gunst der Stunde und bot erneut seine Dienste an!

Der Papst sah den jungen Künstler scharf an. „Traut Ihr Euch das wirklich zu?"

Demütig senkte Raffael den Blick. „Ja, Heiliger Vater", murmelte er bescheiden.

Julius II. nahm seine Wanderung wieder auf. Dabei murmelte er etwas, was Julian nicht verstand.

Da erlebte der Junge die nächste Überraschung. Denn jetzt trat Lorenzo vor – und auch er bot an, die Arbeiten weiterzuführen.

„Ich kenne alle primo Pensieri und jede Skizze des Meisters", argumentierte er. „Ich bin es, der die Übersicht über die Kartons hat. Und nur ich kenne Michelangelos Gesamtplan."

„Aber er hat doch noch zwei Malergehilfen, oder?"

„Schon, aber sie sind nicht allzu fähig und nur für einfachste Aufgaben zu gebrauchen. Ich habe sie bereits nach Hause geschickt."

Julians Mund klappte auf. Das wurde ja immer besser! Lorenzo schien keinen Deut besser zu sein als Raffael – auch er wollte den Ruhm ernten, der eigentlich Michelangelo zustand. Warum warteten sie nicht einfach, bis sich Michelangelo erholt hatte?

Da kam dem Jungen ein bitterböser Gedanke. Steckte vielleicht gar nicht Raffael hinter den Anschlägen, sondern Lorenzo? Julians Gedanken rasten. Das war gut möglich. Schließlich hat Lorenzo freien Zugang zur Werkstatt … Er hätte Farben und Pinsel ohne Weiteres entwenden können!

„Mit Verlaub, Ihr seid ein einfacher Muratore. Ein Gehilfe, mehr nicht", warf Raffael ärgerlich ein. „Wie könnt Ihr glauben, ein Fresko von solcher Güte erschaffen zu können?"

Aus Lorenzos Augen schossen Blitze. „Nur ein Muratore? Da irrt Ihr! Ich bin ein Künstler und ich male schon länger als Ihr! Und überhaupt, wenn Ihr glaubt, dass …"

„Das reicht!", würgte der Papst ihn ab. „Ich will dieses unwürdige Gezeter nicht hören. Sollte Michelangelo ausfallen, wonach es ja aussieht, dann wird Raffael die Arbeiten vollenden."

Julian warf einen raschen Blick zu Lorenzo.

Weiß vor Wut stand der Muratore da, die Fäuste geballt.

„Wolltet Ihr noch etwas sagen?", fragte Julius II. lauernd.

Lorenzo schüttelte mit zusammengekniffenen Lippen den Kopf.

„Bene", sagte der Papst, drehte sich auf dem Absatz um und schritt, begleitet von seiner Eskorte, davon.

„Es soll Euch nicht an Arbeit mangeln. Gute Handwerker kann ich immer gebrauchen", sagte Raffael gönnerhaft zu Lorenzo, um sich dann an die Freunde zu wenden. „Und auch fleißige Helfer sind mir stets willkommen."

Die Gefährten lächelten gequält.

„Was haltet ihr davon, wenn ich euch alle in ein gutes Lokal einlade?", fuhr Raffael strahlend fort. „In zwei Stunden im Goldenen Löwen? Das Lokal liegt an der Engelsbrücke."

Er will uns auf seine Seite ziehen, er will gute Stimmung verbreiten – denn schließlich braucht er Helfer!, dachte Julian.

„Ich weiß, wo dieses Lokal ist", sagte Lorenzo unwirsch.

„Und, was ist nun: Wollt Ihr mir Gesellschaft leisten?", fragte Raffael nach.

Zu Julians Überraschung machte der Muratore gute Miene zum bösen Spiel.

„D'accordo", sagte Lorenzo leise.

„Das freut mich!", rief Raffael. „Bis später!" Mit diesen Worten entfernte auch er sich.

„Können wir Michelangelo besuchen?", fragte Julian.

„Nein, erst heute Abend", erwiderte Lorenzo matt. „Ich habe mit den Ärzten gesprochen. Sie untersuchen den Meister gerade und wollen nicht gestört werden. Die Sache ist wohl sehr ernst. Hoffentlich überlebt er! Ihr könnt mit nach Hause kommen, wenn ihr wollt. Später gehen wir dann zu diesem … Raffael." Er sah die Gefährten traurig an. „Was bleibt uns schon übrig …"

Auf dem Weg zur Werkstatt sagte der Muratore kein Wort. Es war offensichtlich, dass er frustriert war, den Auftrag nicht bekommen zu haben.

Lorenzo ließ die Freunde ins Haus. Er selbst ging aber weiter, weil er noch etwas einkaufen wollte.

„Raffael ist völlig skrupellos“, empörte sich Kim, sobald sie in der Werkstatt allein waren. „Kaum fällt Michelangelo aus, sucht er seinen Vorteil!“

„Ja, aber ich finde Lorenzos Verhalten nicht weniger verdächtig“, sagte Julian und informierte die anderen über seine neueste Theorie.

„Hm“, machte Kim. „Aber es war Raffael, der die braune Farbe an den Händen hatte …“

„Das muss nicht viel heißen, das hatten wir doch schon“, entgegnete Leon. „Ich bin dafür, dass wir beide im Auge behalten.“

Julian starrte grübelnd auf den großen Tisch, als läge dort die Lösung des verzwickten Falls. „Wenn Lorenzo wirklich der Täter ist, dann müsste er doch versuchen, jetzt auch Raffael auszuschalten, um an sein Ziel zu kommen“, sagte er. „Und er würde vermutlich denselben Weg gehen, er würde wieder das Smaltino einsetzen. Denn was einmal gut geklappt hat, könnte doch auch beim zweiten Mal funktionieren. Schließlich weiß der Täter nicht, dass wir ihm auf der Spur sind und …“

Kija fauchte leise und brachte Julian damit zum Schweigen. Die Freunde spitzten die Ohren. Jetzt hörten sie ein durchdringendes Quietschen und wussten, dass die Haustür geöffnet worden war.

„Lorenzo ist wieder zurück“, hauchte Kim. „Themawechsel!“

Schon ging die Tür zur Werkstatt auf und Lorenzo erschien, ein Weißbrot unter dem Arm.

„Was lungert ihr hier herum?“, fragte er mit bewölkter Miene. „Verkrümelt euch in euer Zimmer, bis ich euch rufe.“

Er will allein in der Werkstatt sein, allein mit den Farben!, durchfuhr es Julian.

Wortlos verschwanden die Freunde. Julian ging als Letzter und zog die Tür hinter sich zu.

„Los, lauft rauf“, wisperte er Kim und Leon auf dem Flur zu. „Und macht ordentlich Krach, damit Lorenzo überzeugt ist, dass wir auch wirklich nach oben gehen.“

„Was hast du vor?“, fragte Leon leise.

Aber Julian legte nur einen Finger auf seine Lippen und schlich zur Haustür. Vorsichtig zog er sie ein kleines Stück auf. Wieder quietschte es, jedoch nicht allzu laut. Julian quetschte sich durch den Spalt und stand in der Gasse. Er huschte die wenigen Meter zum Fenster und spähte hindurch.

Da war Lorenzo! Gerade ging er zum Regal mit den Farben.

Julians Puls beschleunigte sich.

Jetzt streckte der Muratore den rechten Zeigefinger aus und fuhr damit an den verschiedenen Töpfen und Gläsern entlang, als wollte er sie abzählen. Unvermittelt stoppte der Finger, Lorenzo griff zu und ließ ein

Gläschen mit blauer Farbe unter seinem Hemd verschwinden.

Julians Atem jagte. Der Muratore hatte das Smaltino eingesteckt!

Gefährlicher Wein

Als sie kurz darauf mit Lorenzo zum Goldenen Löwen liefen, hatte sich die Laune des Muratore deutlich verbessert.

„Ich hoffe einfach, dass der wahre Meister bald wieder auf den Beinen ist“, sagte Lorenzo. „Dann wird *er* wieder die Arbeiten in der Sixtina leiten und nicht dieser aufgeblasene Jüngling.“

Wenn Lorenzo wirklich der Täter war, überlegte Leon, dann war er ein ziemlich guter Schauspieler.

Die Freunde hatten gesehen, dass der Muratore das hochgiftige Farbpulver zum Essen mitgenommen hatte. Folglich waren sie in höchster Alarmbereitschaft – denn was wollte jemand mit einer giftigen Farbe in einem Lokal? Julian, Kim und Leon hatten beschlossen, Lorenzo keine Sekunde aus den Augen zu lassen.

Im Goldenen Löwen herrschte großer Betrieb. Leon schaute sich suchend in dem großen, L-förmigen Raum um, in dem etwa zwanzig Tische mit je sechs Stühlen standen. Zudem gab es eine lange Theke mit mehreren Fässern in unterschiedlichen Größen dahinter. Dort thronte ein glatzköpfiger Riese mit einem imposanten Schnauzbart, bei dem es sich offenbar um den Wirt handelte. Es roch nach Zwiebeln, Knoblauch und Fisch. Bedienungen sausten beladen mit Platten und Bechern durch das Gedränge.

„Hier!“, rief eine Stimme.

Leon blickte nach rechts und entdeckte den winkenden Raffael an einem Tisch in der hintersten Ecke.

Lorenzo ging voran und setzte sich Raffael gegenüber.

„Willkommen!“, rief Raffael und breitete die Arme aus, als wollte er alle umarmen.

Der Muratore nickte ihm zu, ein falsches Lächeln auf den Lippen.

Der junge Künstler sah einen nach dem anderen prüfend, aber freundlich an. „Ah, eure Katze habt ihr auch mitgebracht“, sagte er zu Kim, auf deren Schoß Kija saß, die smaragdgrünen Augen weit geöffnet. Jeder Zentimeter ihres Körpers verriet Wachsamkeit. „Sie ist fast so hübsch wie – wie du, Mädchen.“

Kim bedankte sich artig für das Kompliment, während Leon insgeheim litt. Er fand Raffaels Gesülze grausam.

Glücklicherweise wechselte Raffael das Thema: „Bestellt, was ihr begehrt. Es geht auf meine Rechnung.“ Schon winkte er einer der Bedienungen. Sie nickte ihm hektisch zu, brachte aber erst einmal einen hohen Stapel leerer Teller zur Theke.

Nach zehn Minuten kam die junge Frau endlich wieder an ihren Tisch. „*Scusi*“, sagte sie, „aber heute ist wieder einmal besonders viel los.“

„Wein, bring uns vom guten Rotwein, und nicht zu knapp!“, rief Raffael. „Am besten gleich eine große Kanne!“

„Und für uns bitte Milch!“, bat Leon.

Dann nahm die junge Frau ihre weiteren Bestellungen auf. Bei den Vorspeisen entschieden sie sich für Thunfisch mit weißen Bohnen sowie Artischockenherzen in Öl und Schinken mit frischen Feigen. Auch den nächsten Gang bestellten sie: *Saltimbocca alla romana* und *Spezzatino*, ein leckeres Gulasch, wie die Freunde erfuhren.

Wein und Vorspeisen erschienen gleichzeitig. Raffael schenkte Lorenzos Becher randvoll und prostete ihm zu.

„Zum Wohl!“, rief er.

Leon ließ den Muratore nicht aus den Augen. Er beobachtete, wie Lorenzo den Becher langsam hob und ihn vorsichtig gegen den von Raffael stieß. Die beiden Männer saßen sich freundlich lächelnd gegenüber und wirkten wie Freunde. Aber Leon wusste es besser: Diese Männer waren Feinde fürs Leben – und vermutlich war einer der beiden jemand, der für seine Ziele über Leichen ging.

Der Junge wurde von einem klagenden Maunzer abgelenkt. Kija streckte ihren Hals in Richtung der Platte, auf der der Thunfisch lag. Leon schnappte sich ein feines Stück Fisch und gab es der Katze. Dann nahm er sich selbst eine Portion Schinken mit Feigen.

„Nun, wie ist der Zeitplan für das Fresko, was steht als Nächstes an?", fragte Raffael und trank einen großen Schluck.

Auch Lorenzo trank erst einmal, bevor er antwortete. In blumigen Worten beschrieb er den derzeitigen Stand der Arbeiten. Dann hatte Raffael weitere Fragen, die das Gerüst und den Intonaco betrafen. Geschickt verwickelte er den Muratore in ein Fachgespräch.

Leon hörte irgendwann nicht mehr richtig hin. Dabei entging ihm jedoch nicht, dass die erste Weinkanne schnell leer war. Raffael bestellte eine weitere, als die Kellnerin mit den nächsten Speisen kam. Die Bedienung hastete wieder Richtung Tresen, aber der zweite Krug Wein ließ auf sich warten.

„So ein Mist", beschwerte sich Raffael. „Heute ist ein besonderer Tag, und wir bekommen keinen Wein mehr!"

„Tja, es ist eben sehr voll hier", sagte Lorenzo und bot im selben Atemzug an: „Ich kann nach vorn gehen und einen Krug holen."

Schon stand er auf.

Leon fing alarmierte Blicke seiner Freunde auf. Was hatte der Muratore vor?

„Aber nein, mein Freund! Das ist die Aufgabe der Kellnerinnen hier!“

„Kein Problem, bin schon unterwegs“, sagte Lorenzo und schob sich durch das Gedränge in Richtung des Tresens, der von ihrem Tisch aus nicht zu sehen war.

Keine drei Minuten später tauchte der Muratore wieder auf – mit zwei etwas kleineren Krügen in den Händen.

Leon dachte scharf nach. Zwei Krüge … Warum hatte Lorenzo nicht einen großen Krug genommen?

„Sehr gut, jetzt sind wir versorgt!“, lobte Raffael. Er strahlte über das ganze Gesicht.

Lorenzo nahm wieder Platz und goss seinem Gegenüber den Becher voll. Er selbst bediente sich aus dem anderen Krug.

Da beschlich Leon eine furchtbare Ahnung. Das Smaltino …

„Zum Wohl!“, rief Lorenzo und hob den Becher.

„Ja, zum Wohl!“, erwiderte Raffael. „Auf das Fresko in der Sixtina! Möge es gelingen!“

„Nein, halt, trinkt nicht, Raffael!“, schrie Leon, der aufgesprungen war.

Der Künstler sah ihn belustigt an. „Lass mich nur, Junge!“ Seine Hand schloss sich um den Becher und hob ihn zu den Lippen.

Dann ging alles blitzschnell. Kija schoss wie ein Pfeil von Kims Schoß und sprang Raffael an.

Mit einem Schrei ließ der Künstler den Becher fallen, der erst auf die Tischplatte und von dort auf den Boden prallte, wo er in tausend Teile zersprang.

„Maledizione, seht nur mein Hemd!“, brüllte Raffael außer sich und deutete auf die roten Flecken.

„Ja, was fällt dem dummen Katzenvieh ein?“, rief Lorenzo und schlug nach Kija, die aber elegant auswich und zu Kim flüchtete, die schützend ihre Arme um sie schlang.

Leon nahm all seinen Mut zusammen. „Diese Katze ist nicht dumm“, sagte er fest. „Sie hat gerade einen heimtückischen Mordanschlag auf Euch vereitelt, Raffael.“

Raffael sah ihn verständnislos an. „Was redest du denn da?“

Lorenzo tippte sich nur an die Stirn.

Leon deutete anklagend auf den Muratore. „Er wollte Euch töten – mit dem Wein.“

Nun baute sich Lorenzo drohend vor dem Jungen auf. „Es reicht mit deinem dämlichen Geschwätz! Raus hier, ich will euch nie wieder sehen!“

Doch Leon wich keinen Millimeter, was auch daran lag, dass er plötzlich Julian, Kim und Kija dicht neben sich spürte.

„Wenn ich nur Unsinn erzähle“, sagte Leon mit leicht bebender Stimme. „Dann trinkt doch einen Schluck aus der Kanne, aus der Ihr gerade Raffael etwas eingeschenkt habt.“

Der Muratore zögerte.

Raffaels Blick irrte von Leon zu Lorenzo und wieder zurück. „Was … soll das alles, ich … ich verstehe nicht …“, stammelte er.

„Trinkt!“, forderte Leon den Muratore erneut auf.

Doch Lorenzo machte keine Anstalten, aus der Kanne zu trinken.

„In diesem Wein ist Gift“, sagte Leon. „Hochgiftiges Smaltino, die Farbe des Todes!“

„Quatsch!“, brauste der Muratore auf.

Raffael tupfte sich sein Hemd mit der Serviette ab. Dabei schien er scharf nachzudenken.

„Einer von euch beiden ist ein Lügner“, sagte er schließlich. „Und es ist nicht schwer herauszufinden, wer es ist. Wenn wirklich nur Wein in der Kanne ist, dann könnt Ihr doch daraus trinken, Lorenzo …“

Der Muratore hatte zu zittern begonnen. Er war leichenblass.

„Nun, Lorenzo, ich warte …“

Lorenzo ließ sich auf seinen Stuhl sinken.

Raffael starrte ihn fassungslos an. „Dann ist es also wahr, es ist Gift in dieser Kanne!“

Der Muratore nickte langsam.

„Er hat vorhin das Smaltino aus der Werkstatt gestohlen und mit in dieses Lokal gebracht“, setzte Leon seine Anklage fort. „Und vermutlich hat er gerade, als er vorne am Tresen war, das Pulver in einem unbeobachteten

Moment in den Wein gekippt. In dem dunkelroten Wein fällt das blaue Smaltino nicht auf."

Lorenzo gab auf. Ergeben zog er den kleinen Glasbehälter unter seinem Hemd hervor. Er war leer. Nur am Rand des Glases waren noch blaue Krümel zu sehen.

„Das ist, das ist …", Raffael suchte nach Worten, „… einfach unglaublich! Aber Lorenzo, sagt mir, warum habt Ihr das getan?"

Der Muratore hob langsam den Kopf. „Ihr wolltet mir die Arbeit wegnehmen. Ich wäre der richtige Mann gewesen, das Fresko zu vollenden."

Raffael schüttelte nur den Kopf.

„Dann wart Ihr es auch, der Michelangelo ausschalten wollte", sagte Leon leise.

„Ja", stieß Lorenzo hervor. „Ich hatte es satt, von ihm herumkommandiert zu werden. Er hat mich wie den letzten Dreck behandelt. Dabei bin auch ich ein großer Künstler, der diese Arbeit ebenso gut wie er hätte ausführen können."

„Ach was, ein Nichts seid Ihr!", bemerkte Raffael kalt.

„Das ist nicht wahr", jammerte der Muratore. „Mit der Ausgestaltung der Sixtina hätte ich aller Welt zeigen können, welches Genie in mir steckt."

Raffael lachte nur böse.

„Ihr habt das Gerüst angesägt, nicht wahr?", setzte Leon nach. „Michelangelo sollte abstürzen und das Ganze wie ein Unfall aussehen."

Wieder nickte der Muratore.

Kim sah ihn abschätzig an. „Ihr seid es auch gewesen, der uns mehrfach nachgeschlichen ist!“

Auch das gab Lorenzo zu. „Ich hatte gemerkt, dass ihr mir auf die Schliche gekommen seid. Ich wollte in Erfahrung bringen, was ihr wisst.“

„Und dann ward Ihr es auch, der zunächst die Farben und dann den Pinsel aus Eichhörnchenhaar stahl, nicht wahr?“, rief Julian.

„Ja, ich bin von außen in das Haus eingedrungen, damit der Verdacht nicht auf jemanden fiel, der im Haus wohnt“, erklärte Lorenzo. „Nach dem Diebstahl der Farben kletterte ich an der Fassade des Hauses wieder in den ersten Stock hinauf und legte mich ins Bett.“

„Ihr habt den Pinsel mit dem Smaltino präpariert und wieder an seinen Platz zurückgelegt!“, setzte Leon nach.

„So war es“, flüsterte Lorenzo.

Raffael glaubte, sich verhört zu haben. „Wie bitte?“

Die Gefährten berichteten von ihren Ermittlungen. Dabei gaben sie auch zu, Raffael fälschlicherweise eine Zeit lang verdächtigt zu haben – wegen der braunen Farbe an seinen Händen.

„Ich? Nein, so etwas würde ich niemals tun“, sagte Raffael schnell. „Aber ich nehme es euch nicht übel. Schließlich stehe ich tief in eurer Schuld. Ich danke euch tausendmal, dass ihr mir das Leben gerettet habt!“ Er strich den Gefährten anerkennend über die Köpfe.

„Und Euch, Lorenzo, werden wir den Schweizer Garden übergeben. Der Papst selbst wird entscheiden, was mit Euch geschehen soll!“

Der Muratore schwieg.

Raffael rief den Wirt herbei und sorgte dafür, dass die Garde kam und Lorenzo abführte.

Bevor er ging, warf Lorenzo den Freunden noch den Schlüssel für Michelangelos Haus zu. „Den werde ich wohl nicht mehr brauchen“, sagte er düster.

Sicher nicht, dachte Leon und steckte den Schlüssel ein.

Dann bezahlte Raffael das Essen und verließ mit den Gefährten das Gasthaus.

Draußen war es herrlich warm – ein schöner, friedlicher Tag. Schaudernd warf Leon einen Blick zum Goldenen Löwen zurück. Um ein Haar hätte es dort ein Verbrechen gegeben. Zum Glück war der Täter geschnappt. Leon war trotzdem nicht erleichtert. Er machte sich Sorgen um Michelangelo.

„Wisst Ihr, in welchem Hospital der Meister liegt?“, fragte er Raffael.

„Natürlich, ganz Rom weiß das. Wollt ihr ihn besuchen?“

Die Freunde nickten heftig.

Raffael lächelte. „Gute Idee, ich werde euch begleiten. Denn ich glaube, dass einiges zwischen ihm und mir richtiggestellt werden muss. Hoffentlich lebt er noch!"

Und so führte der junge Künstler die Gefährten zum Hospital, in dem Michelangelo untergebracht war. Er hatte ein Einzelzimmer im Erdgeschoss. Auf dem Flur trafen sie zufällig den Medico, der Michelangelo behandelte. Von ihm erfuhren sie, dass es dem Meister wieder recht gut ginge. Er habe sich wohl tatsächlich durch etwas vergiftet – an was, sei unklar.

„Wir haben ihm eine Kräutermischung zu trinken gegeben, die ihm sehr gutgetan hat", erläuterte der Arzt. „Ihr könnt Michelangelo ruhig kurz besuchen."

Kija wuselte als Erste durch die nur angelehnte Tür und steuerte geradewegs auf den Meister zu.

„He, was … ach, ihr seid es!", rief Michelangelo, als nach und nach Leon, Julian und Kim auftauchten. „Aber ich hatte euch doch …" Er brach mitten im Satz ab, als er Raffael erblickte. Eine gefährliche Röte überzog das Gesicht des Meisters.

„Regt Euch bitte nicht auf!", rief Leon und hob beschwichtigend die Arme. So schlecht konnte es Michelangelo wirklich nicht gehen, wenn er sich schon wieder so ärgern konnte.

Die Freunde umringten das Bett, in dem der Künstler lag. Dieser funkelte sie misstrauisch an. Aber als die

Gefährten ihm Stück für Stück alles erzählten, entspannten sich seine Gesichtszüge – und am Ende lächelte er sanft.

„Es ist beruhigend zu wissen, wie sich alles abgespielt hat“, sagte er. „Und verzeiht mir bitte, dass ich euch aus meinem Haus geworfen habe.“ Er seufzte auf. „Aber dass Lorenzo hinter allem steckt … Das hätte ich nie für möglich gehalten.“

„Ja, auch wir hatten zunächst einen anderen im Verdacht“, gab Leon zu und schaute zu Raffael, der sich bisher im Hintergrund gehalten und geschwiegen hatte.

Nun trat der junge Künstler vor. Er holte tief Luft. Dann sagte er: „Wie Ihr gehört habt, habe ich nichts mit diesen Vorfällen zu tun. Und mir ist es wichtig, dass Ihr das wisst, Michelangelo.“

Der Meister verzog das Gesicht, als habe er Schmerzen. „Aber Ihr habt dennoch versucht, das Fresko an meiner Stelle fertig zu malen. Ihr habt den Heiligen Vater um diesen Auftrag gebeten.“

Raffael lächelte charmant. „Das war nur ein Angebot für den Fall, dass Ihr nicht mehr hättet weitermachen können. Die Arbeiten in dieser wichtigen Kapelle müssen schließlich abgeschlossen werden. Ich hätte mein bescheidenes Talent in den Dienst der Kirche gestellt, mehr nicht.“

Michelangelo hob die Augenbrauen. „Natürlich, natürlich“, sagte er bissig.

„Wie uns scheint, geht es Euch schon viel besser!“, rief Leon schnell.

„So ist es“, antwortete der Meister. „Dieser elende Lorenzo hat zu wenig Smaltino verwendet – ein Glück. Übermorgen will ich weitermalen. Schließlich wartet Adam noch auf seine Erschaffung! Und ihr“, er wandte sich an die Gefährten, „könnt gern so lange in meinem Haus wohnen. Ihr habt ja jetzt Lorenzos Schlüssel. Ich gebe euch ein paar Dukaten, damit ihr euch etwas zu essen kaufen könnt.“

„Nein danke, das ist zwar sehr großzügig, aber eigentlich gar nicht nötig“, versuchte Leon abzuwehren.

Doch der Meister blieb unnachgiebig und drückte ihm drei Dukaten in die Hand.

„Geht und haltet euch bereit – es gibt viel zu tun!“, sagte Michelangelo zum Abschied und zwinkerte den Gefährten zu.

Die Freunde verließen zusammen mit Raffael das Hospital. Draußen bedankte sich der Künstler erneut bei Julian, Kim und Leon, dann ging er seiner Wege. Als er einige Meter entfernt war, drehte er sich noch einmal um und winkte ihnen zu.

„Tja, was für eine verrückte Geschichte“, sagte Leon.

„Allerdings“, stimmte ihm Julian zu. „Und unser lieber Paolo in Siebenthann hatte Recht: Es gab ein Mordkomplott gegen Michelangelo.“

Kim steuerte auf die Brücke der Engel zu. „Der Fall

ist gelöst, Jungs. Ich glaube, wir müssen die Ewige Stadt Rom verlassen."

Leon seufzte. „Sieht so aus. Irgendwie schade …"

„Wie immer", sagte Julian. „Aber bevor wir uns auf die Heimreise machen, müssen wir noch den Schlüssel und die Dukaten bei Michelangelo hinterlegen."

Nachdem sie das erledigt hatten, liefen die Gefährten zur Brücke über den Tiber. Auch an diesem Tag herrschte dort ein unglaubliches Gedränge. Die Freunde reihten sich in den Strom der Menschen ein und standen schließlich vor der Engelsfigur, durch die sie Rom betreten hatten.

Ein kurzer Blick zurück. Niemand beachtete die drei Kinder und die Katze. Dann gingen sie auf den Engel zu – und nichts hielt sie auf. Die Gefährten schritten in die Figur aus Stein hinein, und Tempus holte sie heim nach Siebenthann.

Blaues Eis

Tags darauf betraten die Freunde die beste Eisdiele der Welt, das Venezia in Siebenthann, wo reger Betrieb herrschte.

„Ciao!“, begrüßte Paolo die Gefährten.

Kim, Leon und Julian winkten ihm zu und begaben sich an den Tisch, über dem der Kunstdruck hing, der Michelangelos Fresko mit dem Titel „Die Erschaffung Adams“ zeigte.

Schon eilte Paolo herbei und zückte den Kugelschreiber und den Block, auf dem er die Bestellungen zu notieren pflegte.

„Was darf es sein?“, wollte er wissen. „Schokobecher, wie üblich?“

Kim und Leon nickten eifrig.

„Und für die hübsche Katze vielleicht eine feine Waffel?“, bot Paolo an.

Kim schaute zu Kija, die auf ihrem Schoß hockte.

„Ja, ich denke, dass sie das mag“, erwiderte das Mädchen.

„Und du?“, fragte Paolo nun Julian, der sich offenbar

noch nicht entschieden hatte und am Besitzer der Eisdiele vorbei zur Theke schielte.

„Das hellbraune Eis ist doch Nuss-Eis?“

„*Si*“, antwortete Paolo.

„Und das blaue da ganz links?“

Paolo zog die Stirn kraus. „Das ist Schlumpf-Eis.“

Kim begann zu lachen.

Doch der Eisdielen-Besitzer wedelte empört mit der Hand. „Die Kleinen lieben es.“

„Na gut, das probier ich mal“, sagte Julian.

„Nuss- und Schlumpf-Eis ... Bist du dir sicher?“, hakte Paolo skeptisch nach.

„Ja“, entgegnete Julian bestimmt.

„Okay, bin gleich wieder da“, sagte der Eisdielen-Besitzer und eilte zur Theke.

Als er weg war, tippte sich Leon an die Stirn. „Na, das wird schmecken! Wie kommst du denn auf diese komische Kombination, Julian?“

Der Junge lächelte und deutete auf das Bild über ihnen. „Zu Ehren des Meisters werde ich heute Gebranntes Siena und Smaltino in Eisform essen.“

Wieder musste Kim lachen. „Dann mal guten Appetit.“

Julian betrachtete versonnen das berühmte Kunstwerk. „Nun, giftig wird der Inhalt des Eisbechers sicher nicht sein ...!“

Der Künstler und der Papst

Michelangelo Buonarroti – so sein vollständiger Name – wurde am 6. März 1475 in Caprese (Toskana) geboren. Wenig später zog seine Familie nach Florenz. Schon als Jugendlicher wollte Michelangelo unbedingt Künstler werden – gegen den Widerstand seines Vaters. Michelangelo setzte sich schließlich durch und wurde mit dreizehn Jahren Assistent bei dem bekannten Künstler *Domenico Ghirlandaio*, der ihn in die Geheimnisse der Fresken-Malerei einweihte. Neben der Malerei interessierte sich Michelangelo vor allem für die Bildhauerei. Um die Anatomie des menschlichen Körpers besser zu verstehen und zeichnen zu können, soll Michelangelo in dieser Zeit Leichen seziert oder zumindest dabei zugeschaut haben.

Mit zwanzig Jahren wurde er Bildhauer in Bologna, wo er Heiligenfiguren für eine Kirche schuf und rasch über die Grenzen der Stadt hinaus bekannt wurde. Nach seiner Rückkehr nach Florenz fertigte er zwischen 1501 und 1504 die vier Meter hohe David-Figur, die ihn berühmt machte (heute steht eine Kopie vor dem Palast der

Signoria, das Original befindet sich in der Akademie der Künste).

Aber auch als Dichter, Architekt und vor allem als Maler hatte Michelangelo Erfolg, und 1508 wurde er von Papst Julius II. nach Rom gerufen, um die Decke der Sixtinischen Kapelle neu zu gestalten. Die Wände waren bereits mit Meisterwerken ausgeschmückt. Unter anderem ist an der Nordseite der Kapelle das berühmte Fresko „Die Übergabe der Schlüssel an den heiligen Petrus" von Pietro Perugino (ca. 1445 bis 1523) zu sehen.

Zurück zum Papst: Julius II. war ein Mann mit einem Furcht einflößenden Ruf. Er galt als jähzornig und war dafür bekannt, dass er seine Untergebenen mit seinem Gehstock schlug. Das brachte ihm den Spitznamen „il papa terribile" ein. Auch Michelangelo soll er, so der zeitgenössische Autor Giorgio Vasari, geschlagen haben, als die Arbeiten in der Sixtina nicht zügig genug vorangingen.

Doch auch Michelangelo selbst war trotz seiner Genialität und seines Erfolgs offenbar alles andere als ein umgänglicher Mensch. Seine wenigen Freunde beschrieben ihn als launisch, in sich gekehrt und extrem misstrauisch. Gute Kleidung und gutes Essen waren ihm demnach ebenso gleichgültig wie höfliche Umgangsformen. Michelangelo lebte für die Kunst und versteckte sein Werk vor Neidern. Deshalb malte er das Fresko, wie in diesem Roman beschrieben, auch immer unter einem Tuch, das als Blickschutz diente. Der Papst soll mehrfach versucht haben, einen Blick unter das Tuch zu werfen. Michelangelo war sogar davon überzeugt, dass sich der Papst ständig verkleidete, um unerkannt in die Nähe des Freskos zu kommen. Laut Ross King, einem Kunstexperten und Schriftsteller, bekam Michelangelo einmal Wind davon, dass sich der Papst nachts in die Sixtina schleichen wollte, um die Malereien heimlich zu betrachten. Michelangelo soll sich dann auf dem Gerüst versteckt und den Papst mit Brettern beworfen haben, um ihn zu vertreiben.

Michelangelos Misstrauen war wohl nicht unbegründet. Zu seinen künstlerischen Gegnern gehörten unter anderem Bramante und Raffael. In einem Brief an seinen Freund Giuliano da Sangallo äußerte Michelangelo seine Angst vor einem Mordkomplott. Man wolle ihn aus dem Weg räumen, weil er der bessere Künstler sei und – um nur ein Beispiel zu nennen – Bramante als Pfuscher überführt habe. Fakt ist auch, dass Raffael unmittelbar nach der Enthüllung des ersten Teils des Freskos am 15. August 1510 versucht hat, den Auftrag für den zweiten, westlichen Teil zu ergattern. Doch Julius II. ließ sich nicht umstimmen, obwohl er Michelangelo nicht leiden konnte. Der in diesem Buch beschriebene Mordanschlag auf Michelangelo entspringt jedoch der Fantasie des Autors.

Die ständigen Reibereien zwischen Michelangelo und dem Papst sowie anderen Künstlern machten sich allerdings in der Sixtina nicht negativ bemerkbar. In vier Jahren (1508 bis 1512) schuf Michelangelo einige der berühmtesten Fresken der Welt. Heute geht man davon aus, dass Michelangelo das Fresko nicht allein und auch nicht auf dem Rücken liegend malte, wie früher vielfach behauptet wurde.

Am 1. November 1512 wurde das Gesamtfresko enthüllt. Auf insgesamt fünfhundertzwanzig Quadratmetern sind einhundertfünfzehn überlebensgroße und etwa zweihundert weitere Figuren in Szenen aus der Genesis zu sehen. Leider setzten schon einhundert Jahre nach Michelangelos Tod eindringendes Regenwasser, Staub und Kerzenrauch dem berühmten Fresko zu. Immer wieder wurde versucht, das Gemälde zu restaurieren – mit zweifelhaftem Erfolg, denn oft machten die „Retter" nur noch mehr kaputt.

Zwischen 1980 und 1994 wurde die Decke der Sixtina schließlich von wirklichen Experten ganz behutsam restauriert. Zunächst wurden Ruß und Schmutz im Labor untersucht, damit die Konzentration des Lösungsmittels dem jeweiligen Grad der Verschmutzung angepasst werden konnte. Unter der dicken Schmutzschicht trat eine damals nicht für möglich gehaltene Farbigkeit zutage – Michelangelos einzigartiges Werk erstrahlte in neuem alten Glanz. Heute schützen eine neue Dachkonstruktion, eine Klimaanlage und ein spezieller Läufer (der jeden Staub von den Schuhen der Besucher „aufsaugt") dafür, dass das Fresko keinen Schaden mehr nimmt.

Zurück zu Michelangelo: Nach seinem Triumph in der Sixtina und dem Tod von Papst Julius II. kehrte der Künstler 1513 für zwei Jahrzehnte nach Florenz zurück. Dort schmückte er unter anderem die Fassade der San-Lorenzo-Kirche und die Gräber der reichen Händler-Familie der *Medici* aus. Ab 1534 war Michelangelo wieder in Rom und nahm dort mit inzwischen sechzig Jahren einen weiteren Großauftrag an – und dieser führte ihn wieder in die Sixtina. Im Auftrag von Papst *Paul III.* schuf Michelangelo an der Frontwand über dem Altar in siebenjähriger Arbeit das Fresko „Das Jüngste Gericht", das heute als eines der berühmtesten Bilder der Welt gilt. Anschließend verlangte Paul III. von Michelangelo, dass dieser die Privatkapelle des Papstes mit Fresken schmücke. Mit dieser Arbeit erreichte der Künstler, so urteilen Experten, noch einmal einen Höhepunkt seines Schaffens.

Michelangelo starb am 18. Februar 1564 in Rom. Er wurde in der Kirche Santa Croce in Florenz beigesetzt. Seine einzigartige Kunst hat ihn um Jahrhunderte überlebt und machte ihn unsterblich.

Glossar

Aiuto! (ital.) Hilfe!

Arrivederci! (ital.) Tschüss, auf Wiedersehen!

Arsen chemisches Element; hochgiftiges Halbmetall

Auripigment Goldfarbe, durchscheinender gelber, giftiger Farbton

Beinling eine Art Strumpf im Mittelalter, den man am gesamten Bein herauf- oder herabrollen konnte

Bene (ital.) gut

Bramante eigentlich Donato d'Angelo Lazzari (genannt Bramante = der Heißhungrige), Architekt und Maler, lebte von 1444 bis 1514.

Busolai Plätzchen mit Anis-Geschmack

Campanile (ital.) frei stehender Glockenturm neben einer Kirche

Campo (ital.) Platz

Castel Sant' Angelo (Engelsburg) Der römische Kaiser Hadrian (76 bis 138) ließ sich drei Jahre vor seinem Tod an dieser Stelle ein Kaisergrab errichten. 403 wurde das Grab zur Burg ausgebaut, die später den Päpsten als Fluchtstätte und Gefängnis diente. Den

Namen Engelsburg erhielt das Gebäude 590, als der damalige Papst Gregor I. glaubte, den Erzengel Michael über der Burg zu sehen, der das Ende der Pest verkündete, die damals in Rom wütete. Noch heute erinnert eine Engelsfigur an diese Legende.

Certo! (ital.) Selbstverständlich!

Ciao! (ital.) kann sowohl *Hallo!* als auch *Tschüss!* bedeuten

D'accordo! (ital.) Einverstanden!

Dukat/en Goldmünze, die im Mittelalter in ganz Europa verbreitet war. Die ersten Dukaten wurden 1284 in Venedig geprägt.

Fischerring seit dem 14. Jahrhundert der Amts- und Siegelring der Päpste

Fresko Form der Wand- und Deckenmalerei, bei der die Farbe auf den frischen Putz aufgetragen (ital.: al fresco = ins Frische) wird. Dabei verbinden sich die Farben unlöslich mit dem Untergrund.

Gebranntes Siena rotbraune Farbe, gewonnen aus einer Tonerde aus Siena. Die Färbung entstand durch Erhitzen/Brennen der Tonerde in einem Ofen.

Genesis Das erste Buch Mose ist das erste Buch der hebräischen und christlichen Bibel. Es beschreibt die Erschaffung der Welt. Der hebräische Name lautet Bereschit = am Anfang.

Ghirlandaio, Domenico berühmter Künstler aus Florenz (1449 bis 1494)

Grazie (ital.) danke

Intonaco (ital.) Putz für das Fresco

Julius II. Papst, lebte von 1443 bis 1513, wegen seiner aufbrausenden Art und seiner Attacken mit dem Stock hatte er den Spitznamen „il papa terribile".

Karton in der Kunst eine Vorlage in Originalgröße. Kartons wurden vor allem bei Fresken verwendet.

Lapislazuli blauer Halbedelstein, aus dem die Farbe Ultramarin gewonnen werden konnte

Lünette/n (frz. = kleiner Mond) in der Kunst Fachbegriff für halbkreisförmige Wandfelder

Malachit Mineral, aus dem eine blass- bis dunkelgrüne, sehr kostbare Farbe gewonnen wurde

Maledizione! (ital.) Verdammt!

Medici im 15. und 16. Jahrhundert einflussreiche Familie in Florenz, deren Reichtum auf dem Tuchhandel fußte

Medico (ital.) Arzt

Michelangelo eigentlich Michelangelo Buonarroti, berühmter Bildhauer und Maler aus Italien. Er lebte von 1475 bis 1564.

Mitra Kopfbedeckung der Bischöfe und des Papstes

Mozetta gehört zur Amtstracht des Papstes: kurzer, roter Schulterüberwurf

Muratore (ital.) ein auf die Herstellung von Stuck und Putz spezialisierter Handwerker

Obelisk Der Obelisk auf dem Petersplatz ist 322 Tonnen schwer. In seinem Fuß soll sich die Asche Caesars befinden, in seiner Spitze ein Stück des Kreuzes, an das Jesus Christus genagelt wurde.

Pallium Amtsabzeichen kirchlicher Würdenträger (zum Beispiel des Papstes); etwa zehn Zentimeter breites Band, das über dem Messgewand getragen wird und mit fünf bis sechs Seidenkreuzen versehen ist (sie symbolisieren die Wundmale Christi)

Pantheon Kaiser Hadrian ließ diesen allen römischen Göttern geweihten Tempel zwischen 118 und 125 n. Chr. errichten. 609 wurde das Pantheon eine katholische Kirche (der heiligen Maria geweiht).

Paul III. Papst, lebte von 1468 bis 1549

Pergament Vorläufer des Papiers, hergestellt aus ungegerbten, geschabten und geölten Tierhäuten

Piazza Navona großer Platz in Rom in der Nähe des Pantheons; er entstand auf den Fundamenten eines antiken römischen Stadions.

Piazza Rusticucci kleiner Platz in Rom, in der Nähe des Vatikans

Piazza San Pietro Petersplatz

Pigment ein künstlich hergestellter oder in der Natur vorkommender Farbstoff

Pileolus gehört zur Amtstracht des Papstes: Käppchen, das der Papst auf dem Kopf trägt

Pontarolo ein Zimmermann, der auf das Bauen von Gerüsten und Gestellen spezialisiert war

Ponte Sant' Angelo (Engelsbrücke) Der römische Kaiser Hadrian (76 bis 138) ließ diese Brücke 134 n. Chr. errichten. Sie war immer eine der wichtigsten Brücken über den Tiber. Den Namen erhielt sie, weil sie zum einen zur Engelsburg führt, und zum anderen, weil dort zehn Engelsfiguren aufgestellt wurden.

Pontifex Titel für den Papst

Pozzo (ital.) Brunnen

Primo Pensieri (ital. = erste Gedanken), erste flüchtige Skizzen eines Künstlers

Profiteroles italienische Süßspeise, mit Schlagsahne, Mocca- oder Vanillecreme gefüllte Windbeutel

Raffael eigentlich Raffaello Santi, berühmter Maler, lebte von 1483 bis 1520

Reliquie (lat. Überbleibsel) Körperteil oder Teil des persönlichen Besitzes eines Heiligen

Rock (von mittelhochdeutsch ruc = spinnen) im Mittelalter sowohl von Frauen als auch von Männern getragenes Kleidungsstück; bei den Männern reichte der Rock höchstens bis zu den Knien, im 15. und 16. Jahrhundert etwas über das Gesäß.

Saltimbocca alla romana kleine, dünne Kalbsschnitzel mit Schinken und Salbei

San Pietro (Petersdom) größte Kirche der katholischen Christenheit, 186 Meter lang, 136 Meter breit, im Kuppelraum 119 Meter hoch. Sie bietet 60.000 Gläubigen Platz. Der Grundstein wurde 1506 unter Julius II. gelegt. 1626 wurde das Bauwerk geweiht. Die Grundfläche des Petersdoms ist zweieinhalb mal so groß wie die des Kölner Doms.

Santa Caterina delle Cavallerotte kleine Kirche in Rom (in der Nähe des Vatikans)

Schweizer Garde 1506 von Papst Julius II. gegründete Palast- und Leibwache; bewaffnet mit Schwert und Hellebarde

Scusi! (ital.) Entschuldigung!

Sepia Farbton, der aus den Tintenbeuteln der Tintenfische (Sepien) gewonnen wird

Si (ital.) Ja

Sixtina (Sixtinische Kapelle) bedeutende Kapelle in Rom, in der der Papst gewählt wird

Sixtus IV. Papst, lebte von 1414 bis 1484

Smaltino hochgiftige Farbe, auch Ölblau oder Kobaltblau genannt

Soutane gehört zur Amtstracht des Papstes: langes, tailliert geschnittenes weißes oder schwarzes Untergewand

Spezzatino Gulasch mit Tomaten

Te deum laudamus feierlicher Dankgesang (Herr, wir loben dich)

Tiber drittlängster Fluss Italiens, 405 Kilometer lang

Vatikan von 756 bis 1870 ein eigenständiger Kirchenstaat (Herrschaftsgebiet des Papstes), seit 1929 als Vatikanstadt der kleinste Staat der Welt mit knapp

1000 Einwohnern innerhalb Roms. Zur Vatikanstadt gehören unter anderem der Petersdom und die Sixtina.

Vitello Tonnato gekochtes Kalbfleisch in hauchdünnen Scheiben, mariniert mit einer Thunfischsoße

Zingulum gehört zur Amtstracht des Papstes: sein weißer Gürtel

Zinnober Der Name dieses roten Farbtons leitet sich aus dem lateinischen cinnabaris (= Drachenblut) ab.

In diesem Band waren wir ja in Rom unterwegs. Falls ihr Lust habt, mehr über die berühmteste Kirche der ewigen Stadt zu erfahren, dann gebt einfach die Zahl, die hinter der richtigen Antwort auf meine Spezialfrage steht, auf

www.zeitdetektive.de

ein und schon seid ihr noch ein bisschen klüger!

Kijas Spezialfrage:

Wie heißt der Petersdom auf Italienisch?

- **San Pietro** **31q523**
- **San Pedro** **11s964**
- **San Pettro** **53k833**

Kleiner Tipp:
Das Glossar in diesem Buch ist sehr hilfreich!

Eure
Kija

ZD_09_106